W0379341

Reinhard P. Gruber

Werke

Band 4

Herausgegeben von Maximilian Droschl

Reinhard P. Gruber

Aus dem Leben Hödlmosers

Ein steirischer Roman mit Regie

Literaturverlag Droschl

STEIRER

teil I

zur steiermark als voraussetzung des steirers

geografisch gesehen ist die steiermark als bundesland österreichs geografischer bestandteil österreichs.
der bestand österreichs hängt von seinen teilen ab, die seine bestandteile bilden.
DIE STEIERMARK IST EIN BESTANDTEIL ÖSTERREICHS.

sollte der fall eintreten, daß ein *teil* österreichs zerfällt, so ist damit, weil dieser teil b e s t a n d t e i l ist, notwendigerweise auch der zerfall des *bestandes* österreichs gegeben; denn:
DER BESTAND HÄNGT VON SEINEN TEILEN AB, DIE SEINE BESTANDTEILE BILDEN.

es gibt also kein bestehen eines bestandes ohne die bestehenden teile, die den bestand ausmachen.

excurs 1 über den zerfall der steiermark

wenn die steiermark zerfällt, zerfällt österreich.
excursende

excurs 2 über die schlüssigkeit von rückschlüssen

die abhängigkeit des bestandes des ganzen = österreichs von seinen teilen = bundesländern läßt scheinbar den rückschluß auf

die abhängigkeit der teile = bundesländer vom ganzen = österreich zu.
dieser rückschluß darf jedoch NICHT als schlüssig betrachtet werden.
zwar ruiniert der zerfall der steiermark den bestand österreichs, nicht jedoch zerfällt die steiermark durch den ruin österreichs.
SO ERWEIST SICH DER BESTAND DER TEILE ÖSTERREICHS DEM ZERFALL GEGENÜBER RESISTENTER ALS DER BESTAND ÖSTERREICHS SELBST.
die steiermark zerfällt aus zufälligkeit, österreich aus notwendigkeit.
die resistenz der teile ermöglicht die labilität des ganzen. das ganze existiert nur als labiles ganzes.
steiermark, das ist die resistenz.
österreich, das ist die labilität.
excursende

weil wir steirer vor allem bauern sind, sind wir natürliche menschen.
wir sind so wie die natur, die uns umgibt, unsere landschaft. und deswegen sind wir herrliche menschen, weil »UNS STEIRERN HAT DER *HERRGOTT* EIN HERRLICHES LAND GESCHENKT«, wie unser landesvater gesagt hat in der steirischen akademie 1966, seite 11. deswegen sind wir steirer ganz natürlich herrliche menschen, weil wir so natürlich wie unser land sind, das auch herrlich ist.

excurs 3 über die voraussetzungen der herrlichkeit

wenn unser steirisches land nicht herrlich wäre, könnten auch wir steirer nicht herrliche menschen sein.
excursende

ist der steirer herrlich, weil seine landschaft herrlich ist, so wird

die *steirische landschaftsidentifikation* vorausgesetzt. DIE LANDSCHAFTSIDENTIFIKATION IST DIE VORAUSSETZUNG FÜR EIN URTÜMLICHES, D. H. NATÜRLICHES MENSCHENTUM.
weil sich der steirer mit seiner landschaft identifiziert, ist der steirer ein urtümlicher, d. h. natürlicher mensch.
die landschaftsidentifikation ist nur dann günstig, wenn eine günstige landschaft vorhanden ist, z. b. eine herrliche.
die steiermark ist eine überaus günstige landschaft.

excurs 4 über blut und boden

das sein der steiermark fußt auf dem steirertum.
das steirertum entsteht aus der identifikation von steirischer landschaft und steirischem menschen.
die steirische landschaft entsteht aus dem steirischen boden, der steirische mensch aus dem steirischen bodenverbundenen menschen.
wenn die landschaft aus boden und der mensch aus blut besteht und in der steiermark eine menschliche landschaftsidentifikation besteht, dann blutet der steirische boden, wenn der steirische mensch blutet.
und wenn sich die steirische landschaft verletzt, verletzt sich der steirische mensch.
wenn das HERZ des STEIRISCHEN menschen bei einer steirischen BODENverletzung zu bluten beginnt, so beginnt also auch der STEIRISCHE BODEN zu BLUTEN.
blut ist das innerste des steirischen menschen, wie boden das innerste der steirischen landschaft ist.
deswegen sind steirisches blut und steirischer boden identisch.
excursende

teil II
zur typologie des steirermenschen

der herrliche steirer kann nach gesagtem nicht mehr, wie bisher, in der herkömmlichen geografie, nach rassistischen gesichtspunkten eingeteilt werden, weil wir steirer eine einzige große familie sind. die UNTERSCHIEDE der insgesamt herrlichen steirischen menschen ergeben sich NATÜRLICH durch die steirische boden- und landschaftsidentifikation.
DIE STEIRISCHE LANDSCHAFT TYPISIERT DEN STEIRISCHEN MENSCHEN. (weil die steiermark das land der vielfalt ist, sind auch wir steirer vielfältige menschen.)

weil das steirertum BAUERNTUM ist, das bauerntum sich aber am liebsten auf dem felde aufhält, ist der
feldsteirer
wohl der gängigste steirische typus. örtlich gesehen befinden sich die meisten felder und damit solche typen in ebenen steirischen gebieten (wie: grazer becken, aichfeld, ennstal) sowie an den ausläufern der steirischen berge (wie: murtal).

neben den feldbauern bieten wohl die waldbauern die zweitstärkste gruppe. der
waldsteirer
ist wie kein anderer steirischer typus über das ganze land steiermark verstreut, aber in keiner dichten dichte. NOCH IMMER HAT DIE STEIERMARK WEITAUS MEHR WALD ALS WALDSTEIRER. der bestand des waldsteirers läßt im gegenteil noch mehr nach als der waldbestand!

ihm folgt in sehr knappem abstand schon der
flußsteirer,

der dreigeteilt wird in MURsteirer, ENNSsteirer und MÜRZsteirer. von einem solchen flußbauern spricht man nur dann, wenn der steirische mensch das einen der drei schönen steirischen flüsse unmittelbar berührende gebiet entlang des flusses bewohnt und bearbeitet.

eine unterart des flußsteirers, die zahlenmäßig nicht zu unterschätzen ist, bildet der
bachsteirer,
der naturgemäß nicht – wie der flußsteirer – solchen ruhigfließenden, sich schlängelnden, sondern eher einen kleinen, allerdings noch immer herrlichen, manchmal auch mitreißenden charakter besitzt.

dort, wo die wälder der steiermark beginnen, beginnen auch die steirischen berge, oder die wälder sind schon auf den bergen.
dort wohnt der
bergsteirer.
oft haust er in naher verwandschaft zum waldsteirer, meist aber über dem waldsteirer. der WEITBLICK des bergbauern ist daher auch bekannt. der bergsteirer beherrscht zudem in der regel (IN DER REGEL) auch noch die kunst des bergsteigens.
auch sind mehr berge als bergsteirer vorhanden.
zu den spezifischen unterarten gehören hier der
gebirgssteirer
und dann der ganz EXTREME
alpensteirer.

da die vielfältig herrliche steiermark auch ein begabtes land der steinbrüche ist, steine aber den boden der steirischen landschaft bilden, etc., etc., die steiermark also: ein vielfältiges land der MENSCHENBRÜCHE ist, d. h. mit der höchsten selbstmordrate, spricht man seltsamerweise NICHT vom steirischen steinmen-

schen oder bruchmenschen oder steinbruchmenschen, sondern vom
steinsteirer,
der nicht selten mit dem
kernsteirer
verwechselt wird,
der allerdings aus einer ganz anderen, nämlich der obstgegend stammt, die sich weit erstreckt.
diesem kernsteirer ist der bekannte *moststeirer* natürlich viel ähnlicher, da er auch aus der steirischen obstlandschaft stammt.

ein weiterer bewohner dieser landschaft ist der
weinsteirer
im süden grazens, dessen eher saurer charakter in seinem verzogenen angesichte einen ausdruck fand.
in ÖSTERREICH WURDE der weinsteirer zugleich mit der weinsteuer SEHR BEKANNT.
ein charakteristikum des weinsteirers ist es außerdem, daß er dem steinsteirer sehr zugeneigt ist; so zeugten weinsteirer und steinsteirer wegen der weinsteuer den weinstein. dieses kreuzungsprodukt von weinsteirer und steinsteirer hat inzwischen den siegeszug durch die weinwelt angetreten. auch das sprichwort: »STEIRERBLUT IST KEIN HIMBEERSAFT« kann hier erwähnt werden.

da hier keine erschöpfende steirische typologie geboten werden kann, seien nur noch kurz 2 aus der großen anzahl von seltenen steirischen typen erwähnt. der
höhlensteirer,
oder steirischer höhlenmensch,
konnte sich bis in die heutigen tage trotz genetischer schwierigkeiten in den natürlichen steirischen höhlen, deren es mehrere gut versteckte gibt, herüberretten. der begriff höhlenbauer geriet schon in vergessenheit.
der

bodensteirer oder *lochsteirer*
hält sich in sogenannten bergwerken auf und nimmt dort seine bäuerlichen verrichtungen vor.
auch bodenbauer oder lochbauer sind kaum noch in gebrauch.
eine dritte art wäre wiederum der
steirische buschmensch,
für den selbst schon der begriff buschsteirer abhanden gekommen ist.

sollte eventuell noch die art der sozialisation des steirischen menschen als weiterer einteilungsgrund genommen werden, so ist darauf zu achten, daß nicht ohne vorsicht vom
dorfsteirer
und vom
stadtsteirer
gesprochen wird, denn aufgrund der wieder zu erwähnenden steirischen landschaftsidentifikation besitzt die steiermark keine dorflandschaften oder stadtlandschaften, sondern NUR LANDSCHAFTSDÖRFER UND LANDSCHAFTSSTÄDTE.

soviel zu einem kurzen typologischen abriß, der hier endet.

teil III
kurzexcurse

wie wir steirer leben
was wir steirer sind
was wir steirer wollen

steirische heimatliebe

wie kein anderes volk liebt das steirervolk seine heimat.
es lebt seine heimat.
es identifiziert sich mit ihr.
es ist SELBST die steiermark.
der bach, der stein, das feld, der fluß, der berg, der wald, die ALPEN, die bäume, der wein, der most, das bier, das obst, das gebirge, die höhlen, der boden, das dorf, die stadt, der busch, die vögel, das tier, der steirer, die kleidung, das eigenartige leben – und die inbrünstige beziehung aller untereinander:
DAS IST DAS STEIRERVOLK.
der steirer, der seine heimat liebt – und es gibt keinen anderen, so sind wir eben –, liebt sich selbst, weil er selbst die steiermark ist.
daher diese brunst.

der steireranzug

»an seinem anzug magst du den steirer erkennen.«
peter rosegger

neben anderen merkmalen unterscheidet den steirer vom anderen menschen der steireranzug.

er ist so HERRLICH wie sein land.
der steireranzug hat vor allem für den anderen menschen große bedeutung; an ihm erkennt er den steirer.
es ist zwar zuzugeben, daß der steirer seinen siegeszug durch die welt mit dem steireranzug an seinem STEIRISCHEN KÖRPER angetreten hat – deswegen hat schließlich auch der steireranzug seinen siegeszug durch die welt angetreten –, doch ist der steireranzug heute schon so profaniert worden, daß er ohne allgemeine rechtsfolgen auch schon von nichtsteirern getragen werden darf. sogar bei der letztjährigen sozialistischen internationale soll er schon gesehen worden sein. vor dem betreten der steiermark durch nichtsteirische typen, deren körper vom steireranzug bedeckt wird, ist jedoch abzuraten.
heute ist ja unsere heilige heimische tradition vor nichts und niemandem mehr sicher; es ist offenkundig, daß die latenten kirchlichen entsakralisierungstendenzen auch schon auf unser steirisches bekleidungswesen übergegriffen haben. doch darf sich der steirer nicht davor fürchten; die VERSTEIRERUNG der welt muß mit sichtbaren zeichen beginnen; sie frißt sich heute schon bis in intimste salons vor. so WIRKSAM ist der steireranzug.
zwar wurde also der siegeszug des steirers mit dem steireranzug begonnen, doch darf man als steirer dazu ruhig bemerken, daß dies nur aus propagandazwecken für die universalität des steirertums geschehen war. alle echten steirer – und es gibt deren noch einige – sind sich daher darüber einig, daß es eine reine einseitigkeit ist, NUR den grauen loden mit grünem revers und hirschknöpfen, mit oder ohne lampas, aber mit steirerhut und gamsbart, als »steireranzug« zu bezeichnen.
entgegnung. richtig ist vielmehr, daß ALLES, WAS EIN STEIRER ANZIEHT, EIN STEIRERANZUG IST.

anhang: *der steirische gamsbart*

besonders die »MODERNE« abart des steireranzugs, der salonstei-

rer(-anzug), wird ohne lampas und ohne gamsbart getragen. der echte steirer trägt seinen steireranzug – ob aus loden, leder oder fell – nur MIT gamsbart.
auch wenn er feld- oder steinsteirer ist. (das ist ein hinweis auf die ehemalige vorherrschaft des wald- und gebirgssteirers in der steiermark.)
es kann als *gesichert* gelten, daß der gamsbart aus den höheren regionen der steiermark, wo gemse, gebirgssteirer und anderes hochwild hausen, stammt.
der steirische gamsbart wird nach wie vor *händisch* erzeugt, u. zw. durch auszupfen, bündeln und binden des gamsbartes, der sich an bestimmten stellen einer toten steirischen gemse befindet.
der steirische gamsbartbinder steht daher bei uns in der steiermark hoch im ansehen (z. b. stammt die erfindung der gewöhnlichen bartbinde aus der zunft der gamsbartbinder). seine EHRE gleicht der des dorfrichters.
heute ist die seltenheit des gamsbartbinders und des dorfrichters schon fast gleich groß. das bedauern die echten steirer.
bedingt durch den starken rückgang der steirischen gamsbartbinder kommt es natürlich auch zum rückgang der steirischen gemsen, ja, die natürliche lebensgemeinschaft dieser sensiblen tiere mit den gebirgssteirern, speziell den gebirgssteirischen gamsbartbindern, ist nahezu vom beiderseitigen aussterben bedroht; bei den im steirischen lande verbleibenden überlebenden auf beiden seiten wurde zudem noch ein starker beiderseitiger bartVERLUST registriert, der deutlich genug anzeigt, wie wichtig das zusammenleben der gamsbartbinder mit den gemsen ist.
heute droht die bedrohliche lage eine äußerst bedrohliche zu werden. weil kein »MODERNER« mensch mehr zu seinem MODERNEN steireranzug einen hut mit gamsbart tragen will, unter dem diktat der AUSLÄNDISCHEN mode, ist auch schon der entbartung der steirischen gemsen und hüte, sowie überhaupt der ENTGEMSUNG der steiermark, sowie der entbartung der gebirgssteirischen mannsgesichter, tür und tor geöffnet.

das natürliche steirische zusammenleben ist auf diese weise empfindlich gestört worden, sein aussehen verändert.

die steirische SPRACHE

was vielen anderen menschen unbekannt sein dürfte, ist die tatsache, daß die steiermark das land der vielfältigen vögel ist. besonders viele sänger bevögeln die steiermark: die singvögel. da sie unbedingt zur landschaft gehören – die zugvögel verkünden den ruf der steiermark als ideales vögelland – identifiziert sich der steirer auch mit ihnen.
zwar wäre es lächerlich, den steirer gemeinhin als amsel-, drossel-, fink- und starmenschen (letzteres eher) zu klassifizieren, doch muß hier endlich festgehalten werden, daß die steirer nicht nur die deutsche menschen-, sondern auch die steirische vögelsprache beherrschen (und die gesamte andere tiersprache der steiermark), das zusammen ergibt: die steirische sprache.

das steirische JODELN

definition: JODELN ist die mittels steirischer menschlicher stimmbänder in zeitlupe übersetzte sprache der steirischen vögel.

besonders der kernsteirer versteht es sehr gut zu jodeln; das ist auch nicht verwunderlich, stammt er doch aus dem steirischen obstgebiet, auf dessen obstbäumen sich alle singvögel gerne niederlassen, um von dort mit dem kernsteirer zu sprechen. (»... i bin a steirerbua – und hob a kernnatur ...«)
da der steirer eine gute merkgabe hat, jodelt und singt er so schön

wie kein anderer mensch; deshalb ist die steiermark auch das land der schönsten volkslieder in der ganzen welt.
(die kärntner z. b., die ja auch volkslieder besitzen, singen diese infolge ihrer beschränkten aufnahmefähigkeit so langsam, daß das natürliche a zum o wird und man daher bei ihren jodlern die lustige vögelsprache überhaupt nicht mehr erkennen kann, weshalb die kärntner volkslieder alle fad sind.)
jodeln ist angeboren, also nicht er- und verlernbar. viele nichtsteirer glauben, daß jodeln die lieblingsbeschäftigung des steirers ist. das stimmt aber gar nicht. jodeln ist für den steirer nichts besonderes; im gegenteil, das alltäglichste; wie essen und trinken; existential. allgemeiner gesagt: soviel in der steiermark gelebt wird, soviel wird auch gejodelt.
die ganze steiermark ist ein einziger jodler; ein schöner.

steirisches UMGANGSGESPRÄCH

dazu ist immer vorauszusetzen:
die NATÜRLICHKEIT des steirers bedingt natürlichen, d. h. kurzen, klaren und korrekten umgang und ebensolche sprachliche gestaltung. gesprochen wird in einem wirtshaus in köflach, im tiefen westen der steiermark.
köflacher bauer: »wouhea beistn tou?«
obersteirischer bauer: »neit fa to.«
k. b.: »sou schaust a aus, tou bleita troutl!«
o. b.: »hoiti papm, du westschtairische oaschsau!«
10 köflacher springen von ihren tischen auf.
die steirischen krankenkassen bleiben weiterhin defizitär.

sollte »kunst« einen gegensatz zur natur behaupten, sollte sie also »künstlich« sein, dann hat sie mit dem steirer nichts zu tun.
wenn die KUNST aber etwas ist, das aus der natur eines menschen, in der steiermark also: aus der natur eines landes, entspringt, dann kann man sogleich von der steirischen kunst sprechen. dieses kunstverständnis ist beim steirer immer VORAUSZUSETZEN.
um es vorwegzunehmen: ES GIBT KEINE STEIRISCHE KUNST. der steirer setzt nicht künstlerische und natürliche akte, sondern nur solche in STEIRISCHER LEBENDIGKEIT.
alle akte, die in steirischer lebendigkeit geschehen, sind wesentlich künstlerisch, weil sie wesentlich natürlich sind. (wie überhaupt jeder wesentliche menschliche akt ein künstlerischer ist.)
auf diese richtige weise gesehen, kann man natürlich wiederum von einer steirischen kunst sprechen, u. zw. in dem sinne, daß alle steirischen akte wesentliche akte sind und daher künstlerische akte: d. h. also,
ALLES STEIRISCHE TUN IST EIN KÜNSTLERISCHES TUN.
da die creativen steirischen handlungen – und alle steirischen handlungen sind creativ, weil natürlich – das wesentliche des steirischen menschen ausmachen, kann mit recht behauptet werden, der steirer führe im gesamten überhaupt ein KÜNSTLERISCHES LEBEN.
das ganze steirische leben ist ein ästhetisches leben.
hier ist mit erschrecken zu vermerken, daß eine höchst bemerkenswerte antinomie eingetreten ist (die berühmte STEIRISCHE KUNSTANTINOMIE, aus der schließlich die steirische KUNSTAKADEMIE entstanden ist):
einerseits gibt es *keine* steirische kunst, weil der steirer nur natürlich handelt und ist.
andrerseits ist dem steirer gerade aufgrund seiner wesentlichen natürlichkeit *alles* kunst, er führt das ideale ästhetische leben.

kurzdefinitionen:
- dem steirer ist nichts kunst, weil ihm alles kunst ist.
- dem steirer ist alles kunst, weil ihm nichts kunst ist.
- noch kürzer: dem steirer ist alles natürlich.

tanzt ein steirer in seiner natürlichen, künstlerischen, nichtkünstlerischen weise z. b. einen TANZ, so wird der durch den steirer getanzte tanz ganz offensichtlich ein künstlerischer tanz: ein steirischer tanz. dieser vorgang wird KÜNSTLERISCHE AKKOMODIERUNG genannt.
diese gelingt dem steirer auf die natürlichste weise. eine weitere bekräftigung erhält diese erklärung durch den STEIRISCHEN TANZAUFFORDERUNGSRITUS, der in der ganzen welt wohl einzigartig dasteht:
die durch den steirischen mann an die steirische frau (nur an die frau, aber nicht nur an die steirische!) ergehende aufforderung zum tanz ist verbunden mit der frage: »steirisch oder gewöhnlich?«, wobei »gewöhnlich« nicht die steirische, sondern die nichtsteirische gewohnheit meint, die mindere.
steirisch tanzen ist zur gänze dem steirer vorbehalten und kann von keinem nichtsteirer erlernt oder imitiert werden.
dies kurze beispiel allein mag schon zeigen, wie sehr sich der natürliche künstlerische steirer vom gekünstelten künstlichen nichtsteirer unterscheidet.

die steirische architektur

da das charakteristikum der steiermark die immer wieder zu wiederholende steirische landschaftsidentifikation der steirischen menschen ist, kann sowohl von der steirischen architektur als auch im gleichen sinne von der *architektonischen steiermark* gesprochen werden. damit ist dasselbe gemeint.

da der steirische landschaftsidentifizierende mensch ein äußerst bodenverbundener mensch ist, ist natürlich seine architektur eine bodenverbundene, betreibt er eine LANDSCHAFTSARCHITEKTUR. »primitive« hütten, die ihren ursprung im bereits fast ausgestorbenen steirischen buschmenschen nicht verleugnen können, sind in der ganzen steiermark sichtbar. auch der gefährdete steirische steinmensch oder steinsteirer hinterläßt deutliche architektonische spuren in klobigbrüchigen steinhäusern, der waldsteirer wiederum errichtete viele holzhäuser und blockhütten, die denen des buschsteirers ähneln.
da durch das wechselverhältnis von: aussterben des waldsteirers und ausbreiten des feldsteirers der steirische waldbestand bereits beträchtlich verringert worden ist, der feld- und wiesenbestand aber merklich vergrößert, ist diesem aufstrebenden steirischen feld- und wiesenmenschen das größte architektonische interesse entgegenzubringen, schon deshalb, um wenigstens futuristische tendenzen der steirischen architektur aufzuweisen.
im vornhinein ist festzuhalten, aus welcher historischen situation der feldsteirer in die heutige situation gekommen ist:
dem rückgang des waldsteirers, der ja immer schon in nachbarschaft mit dem feldsteirer wohnte, und der durch das rasche vordringen des feldsteirers sowie vertechnisierung der abholzung erklärbar ist, folgte eine unerwartete situation: der feldsteirer erhielt so viel boden, daß selbst seine raschere vermehrung die verdünnung der besiedelung nicht mehr aufhalten konnte. die feldsteirer aber, da sie nicht soziale, sondern extrem bodenverbundene menschen sind, schlossen sich nicht mehr, wie sie es bisher notgedrungenerweise tun mußten, zu siedlungsgruppen auf dem felde zusammen (landläufige dörfer), sondern verstreuten sich einzeln über die felder, wo sie, wie jedermann feststellen kann, ihre behausungen möglichst dem felde anglichen und möglichst tief in das feld versenkten oder in mulden oder hinter kuppen versteckten. in der regel (IN DER REGEL) bekommt die behausung zusätzlich noch die farbe des feldes. das durch die

vereinzelung und natürlichen LANDSCHAFTSNARZISSMUS des feldsteirers hervorgerufene kleinhäuslertum ist denn auch ursache und folge der allgemeinen steirischen INVERSION, die, humanmedizinisch gesehen, eine extreme form einer spezifisch introvertierten inversion darstellt.
die steirischen VERNIEDLICHUNGSTENDENZEN, die natürlich im gesamtösterreichischen kontext betrachtet werden müssen, haben ihren ursprung in der *verniederung* des steirischen wohnbaus, der sich immer mehr in die tiefe, d. h. in den boden begibt. so erinnere ich mich noch persönlich an die vielen proteste aus der ganzen landesbevölkerung, als in den 50erjahren in unserem jahrhundert das erste steirische hochhaus in kapfenberg gebaut wurde, zu dessen beschimpfung man scharenweise nach dort pilgerte. aufgrund dieser architektonischen tatsache zählt kapfenberg heute zu den meistbeschimpften städten der steiermark. (schon 20 jahre später frischte der grazer »kultur«-verein forum stadtpark diesen ruf auf, indem er ein hiesiges gebäude zu schändlichen zwecken für kurze zeit mietete; der protest gegen kapfenberg weitete sich seit damals auf ganz österreich aus.)
zwar gelang es in den darauffolgenden jahren noch einigen architekten, die landschaftszerstörung voranzutreiben, doch kann heute mit genugtuung festgestellt werden, daß der zukunftstrend wieder eher auf die landschaftsarchitektur hintrendiert als auf den landschafts- und menschenungemäßen hochbau. in ZUKUNFT wird daher in der steiermark eher eine völlig bodengemäße, d. h. UNTERIRDISCHE stadt (untersteirische oder TIEFSTEIRISCHE stadt) zu bauen sein als eine stadt von hochhäusern (obersteirische oder HOCHSTEIRISCHE stadt).
fast schon ist die steirische architektur eine totale landschaftsarchitektur, die auf den introvertiert-inversiven charakter der steirischen landschaft rücksicht nimmt. fast schon haben wir steirer eine total menschengemäße architektur. wir werden sie bis in den boden hinein vermenschlichen, versteirern. bald schon werden wir uns selbst bewohnen.

nachwort

der bestand hängt von seinen teilen ab, die seine bestandteile bilden.
es gibt kein bestehen eines bestandes ohne die bestehenden teile, die den bestand ausmachen.
die steiermark aber bleibt bestehen.

ZUR PERSON HÖDLMOSERS

immer, wenn die sonne am morgen im osten um 4 uhr früh hinter den bergen aufgeht, wenn keine wolken zu sehen sind und wenn im wald schon die vögerl singen und hödlmoser aus dem fenster des schlafzimmers in das sommerliche aichfeld mit einem frischen blick schaut und alles im haus noch still ist, weil es so früh ist, sagt hödlmoser:
»IST HEUT EIN SCHÖNER TAG!«
in jedem wirtshaus, das hödlmoser besucht, spricht hödlmoser:
»HAB ICH HEUT EINEN DURST!«
sehr oft, aber ungern, mit leidendem gesichtsausdruck sagt hödlmoser den satz:
»BIN ICH HEUT GEIL!«
an jedem sonn- und feiertag geht hödlmoser mit dem
STEIRERANZUG
fort.
als einzelwort oder in verschiedenen verbindungen verbraucht hödlmoser das wort
SCHEISSE.
hödlmoser denkt nie daran, daß er
38 JAHRE
alt ist.

hödlmoser ist
STEIRER.

ZU KUMPITZ UND UMGEBUNG

kumpitz ist kleiner als man vermutet.
immer, wenn hödlmoser in kumpitz ist, vergißt er nicht, das wirtshaus zu besuchen.
2 wirtshäuser sind in kumpitz.
kumpitz heißt deswegen kumpitz, weil kumpitz aus lauter kumpitzer bauern besteht.
kumpitz wird ein steirisches dorf genannt, das 3 kilometer westlich von fohnsdorf liegt.
das steirische aichfeld erstreckt sich bis pöls.
6 kilometer östlich von pöls hat sich das bauerndorf kumpitz zu befinden.
schon des öfteren hat hödlmoser die pölser papierfabrik betreten.
gegenüber den kumpitzer bauern befinden sich die kumpitzer kühe in der mehrzahl.
kumpitz besitzt nur eine katholische kapelle, keine katholische kirche.
kein kumpitzer bauernkind kann in die kumpitzer schule gehen.
über die fohnsdorfer landstraße wird ein kontakt mit fohnsdorf hergestellt.
meistens fährt hödlmoser mit dem fahrrad über die fohnsdorfer landstraße nach fohnsdorf.
der kumpitzer graben hat in den norden zu führen.
im norden steht ein fester wald.
auf der anhöhe wohnt hödlmoser.
die kumpitzer bauern sind die minderheit gegenüber den kumpitzer kühen.
in das südliche aichfeld erstrecken sich getreidefelder.
die kumpitzer bauern sind feste bauern.
im nordosten von kumpitz steht der hödlmoserhof.

der weg zu hödlmoser führt eine halbe stunde über kumpitz hinaus.
das aichfeld hat einen guten blick zum hödlmoserhof.
wenn hödlmoser zu fuß geht, braucht er eine halbe stunde bis kumpitz.
meistens pfeift hödlmoser.
in fohnsdorf war noch nie ein neger.
3 kilometer weiter im osten von kumpitz liegt fohnsdorf.
antoni besitzt neben einem bergwerksförderturm eine abfallablagerungsstätte, die sich genau zwischen kumpitz und fohnsdorf befindet.
bald breitet sich der abfall mit den ratten nach kumpitz aus.
in der obersteiermark befindet sich das bauerndorf, das wegen seiner kumpitzer bauern kumpitz genannt wird.
hödlmoser schläft immer oberhalb kumpitzs.
auf dem hauptplatz von kumpitz werden 2 antoni-ratten von hödlmoser erschlagen.
am sonntag gehen manche kumpitzer bauern in die fohnsdorfer kirche.
viele kumpitzer werden am sonntag in der kirche zu allerheiligen gesehen, die sich genau zwischen kumpitz und pöls befindet.
am südlichen rand des aichfeldes liegt plötzlich judenburg.
vom judenburger stadtturm sieht man gut auf den hödlmoserhof hin.
nach judenburg sind es 10 kilometer.
das postamt in fohnsdorf gilt auch für kumpitz.
alle festen kumpitzer sind glückliche bauern.
hödlmoser zählt zu kumpitz.

DIE STEIRISCHE LIEBESGESCHICHTE

an einem strahlenden aprilmorgen des jahres 1966 steht hödlmoser brunftig wie ein hirsch von seinem harten bett auf.
des nachts hat er sich öfters unruhig umhergewälzt.
er wäscht seinen ganzen körper mit dem quellklaren, eiskalten brunnenwasser, was auch seine selige mutter, die alte hödlmoserin, öfters mit ihm gemacht hat.
schnell treibt er noch sein rindvieh auf die wiese, und dann trinkt er zum frühstück 2 krügel most.
nachdem er auch noch ein schweres stück speck gegessen hat, treibt ihn die brunft fort von seinem einsamen hof.
»heut soll mir nur das kittelvolk unterkommen!« lacht hödlmoser auf dem weg nach kumpitz.
als ihm unterwegs die kuhtreibende leni vom moarhof, die ja schon 5 kinder hat und mit dem moarbauern gut verheiratet ist, begegnet, schäkert er sogar mit dieser, obwohl er sonst nie etwas zu ihr gesagt hat, weil sie schon recht alt ist.
leni hat sich sehr gewundert und auch ein bißchen gefreut darüber.
aber dann hat sie doch gesagt: »nein, nein, mein lieber!«
dann ist hödlmoser eben weiter gegangen und hat gesagt: »scheiß drauf!«
und gleich darauf hat er auch schon 2 schöne jodler gesungen, die er in der schule gelernt hatte und bis zum heutigen tag nicht vergessen hat.
»seit wann kann denn der hödlmoser so schön jodeln?« haben sich da die kumpitzer drunten in kumpitz gefragt.
als hödlmoser in kumpitz ankommt, hat er schon wieder einen sehr großen durst.
»bin ich heut geil!« sagt hödlmoser und der wirt bringt noch ein bier.

dann setzen sich der wirt und der junge siebenbäck an seinen tisch.
»hast schon einen durst heut, was?« sagt der wirt zu hödlmoser.
»und was für einen!« lacht hödlmoser.
auch der junge siebenbäck merkt, daß hödlmoser unruhig auf der bank hin und her rutscht.
dann bestellt der junge siebenbäck ein bier für hödlmoser.
»für mich auch noch eins!« sagt der junge siebenbäck.
»könntest auch eine frau brauchen«, sagt der wirt zu hödlmoser.
»zum heiraten, mein ich, alt genug wärst ja schon!«
»ach was, heiraten«, gibt hödlmoser zurück und schaut gelangweilt aus dem fenster.
auf einmal reißt es hödlmoser.
»zahlen tu ich später«, ruft er noch, als er zur tür hinaus stürzt.
der wirt sieht den jungen siebenbäck entgeistert an und der junge siebenbäck sieht den wirt an.
»was hat er denn?« fragt der junge siebenbäck.
»ich glaub, die hinterleitner fani ist mit ihren kühen vorbei gegangen«, sagt der wirt und schüttelt den kopf.
»sowas!« meint der junge siebenbäck.
dann trinken sie noch ein bier.
»was hast denn mit der fani angstellt?« fragt der wirt den fröhlichen hödlmoser.
hödlmoser summt nur lustig vor sich hin und will noch ein bier.
»ist was gangen?« fragt schließlich der junge siebenbäck.
jetzt blickt hödlmoser ganz abschätzig auf den jungen burschen.
»das kannst mir glauben!« sagt er noch und dann setzen sich auch die anderen kumpitzer an seinen tisch.
dann bringt der wirt von selber einen doppelliter und nun erzählt hödlmoser genau, was sich im kumpitzer wald abgespielt hat.
hödlmoser erzählt so packend, daß er für 6 doppelliter keinen groschen zahlen muß.

REGIEANWEISUNG ZUR SZENE HÖDLMOSER/FANI

hödlmoser und fani sind im wald.
fani und hödlmoser betreten die verschiedensten waldwege.
in der mitte eines der waldwege unterbricht hödlmoser seine bisherige kommunikation mit fani.
sie hat im vollzug creativen sich-in-die-augen-sehens bestanden.
nun spricht hödlmoser: »kannst du das futurum antizipieren?«
die so angefragte fani errötet leicht, denn längst hat sie den hintergründigen sinn transzendiert.
»du, du!« denkt fani; aber sie sagt es nicht hödlmoser, denn sie will sich nicht in eine vorgetäuschte opposition zu hödlmoser begeben.
da tritt hödlmoser auf fani zu.
obwohl fani aus der struktur der hödlmoserischen annäherung eindeutig den ablauf des folgenden geschehens folgern kann, stoppt hödlmoser plötzlich, und, nachdem ihm die funktion des seufzens nach kritischer prüfung als fördernd für den weiteren fortschritt seiner werbung erschienen ist, seufzt er nahe vor fani stehend tief vor liebeslust. diese verzögerung wird von fani als konservativer restbestand konstatiert.
hödlmoser seufzt nun und ergreift faktisch mit seiner rechten hand liebesvoll die linke hand fanis.
fani ihrerseits setzt den rechten händedruck hödlmosers systematisch fort.
solchermaßen invitiert, stößt jetzt hödlmosers linke in die rechte von fani, die darauf schon gewartet hat.
die linke die rechte, die rechte die linke drückend und z. t. fest greifend, nähert sich der totale körper hödlmosers vor allem mit dem kopf dem von fani, die darauf schon gewartet hat.
»sicher wartet fani nur in erwartung meiner aktion zu«, geht es hödlmoser durch den kopf.

und da hebt hödlmoser sein augenlicht genau in die horizontale, sein freudiger blick integriert sich geradezu mit den scheuen augen fanis, die nun strahlend glänzen, was hödlmoser schon erwartet hat.
hödlmoser denkt noch: »ich denke, jetzt gehen unsere intentionen völlig konform. zwischen uns besteht nun eine erwartungsäquivalenz.«
fani nimmt dies in einer noetischen konnotation wahr, ehe sie sich willig einer lustbarkeitspassivität hingibt, die auf hödlmoser wie erwartet einen höchst progressiven eindruck macht.
nachdem sich nun hödlmoser den nötigen inneren druck gegeben hat, ereignet sich zwischen fani und hödlmoser die alles entscheidende vorentscheidung: hödlmoser küßt fani, indem er rechte und linke von linker und rechter hand löst, rechte und linke um die hinterseite der brust fanis legt, während die vorderseite der brust fanis, die sehr groß ist, in berührung mit hödlmosers eigener brust kommt.
jetzt biegt fani beide arme angewinkelt um hödlmosers hals und drückt zu.
hödlmoser seinerseits drückt fani.
so potenziert sich der druck.
nachdem sich nun auch hödlmosers lederhosenbedeckte schenkel reibend an fanis prall gefüllte strümpfe schmiegen, erachtet hödlmoser den termin für endgültig gekommen, seine gesichtslippen nach vorheriger leichter öffnung an die ebenfalls leicht geöffneten fani-lippen zu transportieren und solcherart den kuß zu küssen.
nachdem die beiden augenpaare geschlossen worden sind, küßt hödlmoser fani.
langsam öffnet fani ihre drückend-gedrückten beine.
nun schiebt hödlmoser durch die leicht geöffneten gesichtslippen fanis seine zuckende zunge, die sich mit fanis zuckender zunge trifft.
hödlmoser arrangiert einen ausgiebigen zungenzucker.

daß fani nun die schenkel spreizt, ist evident.
»ein wahrhaft perennischer kuß«, schießt es in fanis blutleeres gehirn.
fanis augen bleiben geschlossen.
hödlmoser steigert seine dynamik.
mit lieblicher steirischer kraft erfaßt er die nur scheinbar spröden fanischen hüften und befestigt sie an seinem unterleib, während die hödlmoserische brust den gesamten fanischen oberkörper inventorisch rückwärts biegt und rückwärts und tiefer und biegt und da liegt der totale hödlmoserische vorderkörper schon auf dem fanischen und bedeckt ihn, den fanischen vorderkörper, auf dem waldigen steirischen grase.
dieser vorgang vollzieht sich im horizont des steirischen waldes und wird schließlich langsam schlechthin identisch mit einer coitiven paarung, die durch hödlmosers sich schöpferisch unter fanis kittel vorarbeitender rechter hand eingeleitet wird.
da sich hödlmosers rechte sachgerecht in die materie vertieft und in der tat eine partikuläre befriedigung fanis erwirkt, ächzt fani: »ach! ach! welche libido ist mir nun zu eigen!«
hödlmoser kann kaum noch differenzieren und beginnt trotzdem mit der freilegung der beiden körper; zuerst bei fani.
fani wälzt sich partiell, um das abglitschen ihres schlüpfers zu facilisieren, der von hödlmoser an ihrer arschseite heruntergerissen wird.
da verlieren die beiden steirer ihre gefaßtheit. kraft der jetzt notwendig folgenden substantiellen spannungsexplosion, die nicht mehr zu steuern ist, variiert die streuungsbreite der sämtlichen von den beiden steirischen körpern entledigten kleidungsstücke ungefähr zwischen 0-15 meter, je nach der lage der in verschiedenen zeitabständen auf verschiedenem boden sich befindenden und nun schon endgültig und wüst coitierenden nacktkörper.
so übergangslos und prompt ging die hodialvaginäre durchdrin-

gung vor sich, daß sich hödlmoser und fani selbst später darüber wundern werden.
als schließlich hödlmoser seine repetitive liebestätigkeit noch radikal zu steigern weiß, so daß das ganze ein wirklich universaler sinnenvorgang wird, denkt fani unter hervorstoßung von: »aaaa-aaahhhhhh«: »jetzt verschwimmt mir alles.«
nachdem der ganze wald auf fani einzustürzen scheint, tut dieser es tatsächlich scheinbar.
hödlmosers augen dagegen werden von einem zuckenden grün beeinträchtigt, bis in seiner letzten selbstentäußerung alles in weiß versinkt.
hödlmoser ist nicht mehr imstande, diesen prozeß zu verbalisieren.
er denkt: »ich finde keine kategorie mehr.«

hinterher gnostiziert hödlmoser, daß die sinn(en)progression, wenn sie sich dem excesse nähert, durch die einschränkung des speculativen denkens ausgezeichnet ist.
hödlmoser kommt zur feststellung einer potentiellerweise automatischen limitierung des menschlichen abstrahierungsvermögens zugunsten der fleischlichen aktivierung. »die libidinöse aktivierung, die eine soziologisch bestimmte, spezifische kommunikationsmöglichkeit im interhumanen bereich darstellt und die: zur interaktion vorschreitet, stellt sich als exemplarische nicht-, ja sogar antisprachliche vermittlung des zwischenmenschlichen dar.«

das erste walderlebnis hödlmosers mit fani führt also bei hödlmoser – im gegensatz zum zweiten walderlebnis mit fani – zur erkenntnis des aktions- und funktionsverlustes des abstraktionsvermögens in körpersinnenhaft regsamen situationen.
hödlmoser weiß noch nicht, daß er schurl produziert haben wird.

VARIANTE ZUR REGIEANWEISUNG ZUR SZENE HÖDLMOSER/FANI

die schlange aber ist schlauer gewesen als alle tiere des waldes, die der himmelvater gemacht hat.
und so sprach sie zu fani: »hat der himmelvater wirklich gesagt: ihr dürft von keinem baum des waldes essen?«
da sprach fani zur schlange: »von den früchten der waldesbäume dürfen wir essen. nur von der frucht des baumes in der mitte des waldes hat der himmelvater gesagt: davon dürft ihr nicht essen, ja, nicht einmal daran rühren, sonst müßt ihr sterben.«
die schlange sprach zu fani: »aber nein, auf keinen fall werdet ihr sterben! vielmehr weiß der himmelvater, daß hödlmoser und dir die augen aufgehen, sobald ihr davon eßt; 2 junge götter werdet ihr sein.«
da sah fani, daß der baum köstlich war zum speisen und eine wollust nicht nur den augen und berückend war der baum, um zur erkenntnis zu gelangen.
so nahm sie von seiner frucht und so wurde die frucht fani einverleibt.

DIE STEIRISCHE JÄGERSGESCHICHTE

sehr gerne ißt hödlmoser die tiere des waldes.
hödlmoser ist ein guter jäger.
den jagdschein hat ihm die bezirkshauptmannschaft weggenommen, als er im gefängnis gewesen ist.
in 2 monaten wird hödlmoser aber seinen jagdschein wieder bekommen.
schließlich hat er seinen vater nicht erschossen, sondern nur erstochen und dazu hat er keinen jagdschein gebraucht.
das hat die bh dann auch nach ein paar jahren eingesehen.
fani hinterleitner wohnt jetzt mit hödlmoser zusammen auf dem hödlmoserhof.
es wird schon langsam winter und fanis bauch wird immer dicker.
»dann wird wohl der schurl unser christkindl heuer werden«, sagt hödlmoser zu fani.
fani heißt seit august nicht mehr hinterleitner, sondern hödlmoser.
»siehst gar nicht gut aus; nur ein dicker bauch und sonst nichts«, sorgt sich hödlmoser um fani.
»mußt was kräftiges essen«, sagt hödlmoser.
aber zum schlachten ist es noch zu früh.
»ich hol dir was, liebe fani«, sagt hödlmoser.
dann sieht fani hödlmoser an.
aber hödlmoser hat schon seinen rucksack genommen, in dem die abgesägte schrotflinte liegt.
»wart ein bisserl«, verabschiedet sich hödlmoser und ist schon draußen bei der tür.
fanis gesundheit ist hödlmoser wichtiger als sein jagdschein.
»immer richtig abschätzen«, sagt hödlmoser im wald.
ein bißchen geht hödlmoser schon aus seinem eigenen wald, aber nicht viel.

auf einer schönen lichtung will er dem kapitalen bock auflauern.
mit einem schönen blattschuß streckt er das edle tier nieder.
im vollen lauf hat hödlmoser das schöne tier erlegt.
gebrochen liegt es nun auf der lichtung, ein sehr schöner fichtenzweig ist nun in seinem äser.
den schönen kopf des edlen tieres muß hödlmoser aus dem rucksack herausschauen lassen, so kapital ist der bock.
dann knackst wieder das gedachs und hödlmoser hebt wieder seine flinte.
»jetzt kommt der kapitale hirsch«, meint hödlmoser und zielt genau auf das geräusch.
es kommt aber nur der alte revierförster steinhauser.
in seinem verschnürten rucksack am buckel liegt ein toter hase, den niemand sieht.
in seinem schock hält hödlmoser seine flinte noch immer erstarrt gegen den alten steinhauser.
»was machst denn?« will steinhauser gleich wissen und hißt sein weißes schneuztüchl.
»den hirsch wollt ich schießen, aber ich hab nichts erwischt«, belügt hödlmoser steinhauser.
»was? meinen hirschen?« sagt steinhauser, der revierförster, »das darfst ja gar nicht!«
»gottseidank hat der alte steinhauser vergessen, daß ich meinen jagdschein noch nicht hab«, denkt hödlmoser.
»was hast denn da?« sagt steinhauser und zeigt auf den kapitalen bockskopf.
»ein böckerl«, muß hödlmoser jetzt zugeben.
»oha«, sagt steinhauser, »waidmannsheil!«
»waidmannsdank!« sagt hödlmoser stolz.
»hast aber gar keinen jagdschein, hödlmoser!« mahnt nun steinhauser.
»das nicht«, sagt hödlmoser leise; »was hast denn du in deinem rucksack?« fragt er jetzt steinhauser.

steinhauser will hödlmoser nicht sehen lassen, was er da im rucksack hat.
aber dann muß er es hödlmoser doch zeigen.
»so ein schöner hase«, sagt hödlmoser, »waidmannsheil!«
»waidmannsdank!« sagt steinhauser leise.
auch hödlmoser weiß, daß hier nicht das revier vom alten steinhauser ist.
»er ist nur ein stückerl im anderen revier gewesen«, sagt steinhauser entschuldigend.
»ist ja gar keine abschußzeit für hasen«, mahnt hödlmoser jetzt.
»das schon«, meint der alte steinhauser leise, »aber in der dämmerung hat der bursche ausgesehen wie ein fuchs, ich leg an, na, und dann wars ein hase.«
steinhauser will nicht, daß jemand sein mißgeschick erfährt: der hase im anderen revier ohne abschußzeit.
das weiß hödlmoser.
hödlmoser will nicht, daß jemand von seinem abschuß erfährt: der kapitale bock ohne jagdschein.
das weiß steinhauser.
dann nimmt der revierförster den kapitalen bockskopf und danach den ganzen bock aus hödlmosers rucksack.
»der ist von meinem revier übergewechselt«, lügt steinhauser.
dann verspricht er hödlmoser noch die krickerl und ein paar krügel bier.
jetzt nimmt hödlmoser den schönen hasen aus steinhausers rucksack und legt ihn in seinen leeren rucksack.
in steinhausers rucksack liegt jetzt der kapitale bock, der den bockskopf aus dem rucksack hängen läßt.
hödlmoser und steinhauser klopfen einander noch auf die schultern und jeder sagt: »ein gerechter tausch.«
dann gehen sie heim, denn es wird schon dunkel, hödlmoser zu fani und steinhauser zur steinhauserin.
»hasen mag fani sowieso lieber«, lacht sich hödlmoser ins fäustchen.

»so ein hase ist schon was gutes«, sagt fani und wischt ihre geschmierten finger an ihrer schürze ab.
sie schnalzt mit der zunge, so gut hat es ihr geschmeckt.
schließlich bekommt hödlmoser noch ein busserl für den hasen.
dann erholt sich fani schnell und kommt wieder zu kräften.

REGIEANWEISUNG ZUR SZENE HÖDLMOSER/KAPITALER BOCK

jetzt schon fühlt sich der kapitale bock als gejagtes wild, unruhig durchstreift er die kumpitzer wälder.
sehr selten verläßt der steirische bock seinen unterschlupf.
nur ungern zeigt er sich in der waldöffentlichkeit.
meistens verlieren seine verfolger die fährte.
die gesamte kumpitzer jägerschaft hat der kapitale bock schon an der nase herumgeführt.
der ständige aufenthalt des kapitalen bocks ist selbst dem zuständigen detektivbüro, der kumpitzer hegegemeinschaft, nicht sicher bekannt.
der einsatz von spürhunden zeitigte nur teilergebnisse.
selbst in fohnsdorfer revieren wurde der bock schon bei der erledigung seiner vitalen bedürfnisse gesichtet.
hödlmoser versucht es auf eigene faust.
ohne fremde unterstützung nimmt er die verfolgung auf.
schwerbewaffnet legt sich hödlmoser auf die lauer.
alle vorzeichen sprechen günstig für den cleveren hödlmoser: die waldesverwüstungen, die der bock angerichtet hat, sind mit scharfsinn leicht erkennbar: geknickte zweige, getretenes gras, das unruhige verhalten sämtlicher waldesbewohner.
der wind schlägt sich nun auf hödlmosers seite.
ohne hödlmoser eine chance zum eingreifen zu geben, hat sich der bock schon vorsichtig von der überwachten lichtung weggeschlichen.
doch hödlmoser ist vor allen überraschungen gefeit; er weiß, daß er es mit einem unberechenbaren gegner zu tun hat.
mit entsicherter waffe lauert hödlmoser auf dem grase liegend dem bock auf, der sich langsam und unhörbar von der lichtung entfernt, sich in richtung fohnsdorf absetzt.

angespannt liegt hödlmoser auf dem grase.
langsam tastet sich der verfolgte immer weiter nach osten vor.
jetzt kommt der behäbige revierinspektor steinhauser unbekümmert seines weges; die schußwaffe ruht entsichert in seiner rechten.
angespannt liegt hödlmoser 200 meter westlich im grase.
ohne daß steinhauser den verfolgten erblicken hätte können, wird der gejagte plötzlich von einer panischen angst erfaßt, er stoppt seinen gang, wendet sich und rast mit entsetzen die strecke zurück, die er gekommen war.
auf der lichtung aber lauert hödlmoser im grase.
und jetzt macht der gejagte den entscheidenden fehler: er rechnet nicht mit der unveränderten position des killers auf der weiten lichtung.
es sollte ein tödlicher fehler sein.
hödlmoser liegt so angespannt, daß der gehetzte zwar noch knapp an ihm vorbeikommen kann, im letzten drittel der lichtung jedoch von einem nacheilenden geschoß getroffen und auf der stelle niedergestreckt wird.
wie ein profi hat hödlmoser seinen sicheren herzschuß angebracht.
die verfolgung des gehetzten hat ihr ende gefunden.
höhnisch setzt der killer seinen fuß auf die hingestreckte, fürchterlich zerfetzte leiche.

DER STEIRISCHE LEBENSLAUF

hödlmosers eigenhändig geschriebener lebenslauf, der bewerbung zum gemeinderat beigelegt

3 jahre nach meiner geburt, die ich persönlich im jahre 1933, u. zw. am 23. 12. in kumpitz bei fohnsdorf in der steiermark erlebt habe, erblickte ich, franz josef hödlmoser, meinen vater in der gestalt des josef franzbauer.
ich weiß noch, daß ihn meine selige mutter, die alte hödlmoserin, anna hödlmoser, beim weggehen angespuckt hat, weil er nicht mein vater hat sein wollen.
seit damals habe ich den alten franzbauer sehr gehaßt.
unser bauernhof, der hödlmoserhof, ist eine halbe stunde über kumpitz.
zusammen mit großvater und großmutter hödlmoser habe ich dort meine kindheit verlebt.
bald darauf sind sie gestorben.
die alte hödlmoserin, meine selige mutter, hat mich so weit gebracht, daß ich mit 7 jahren schon die 2-klassige volksschule in allerheiligen mit dem fahrrad besuchen habe dürfen, die ich nach 5jähriger lehrzeit mit dem abschlußzeugnis abschließen habe können.
dann hat meine mutter, die selige hödlmoserin, einen recht starken almkaffee gemacht und wir haben gefeiert, aber ohne den alten franzbauer.
weil ich mit 12 jahren schon fertig gewesen bin, bin ich schon sehr früh selbständig geworden.
mit meiner seligen mutter, die ist 5 jahre später in einer grazer heilanstalt gestorben, leider, habe ich die wirtschaft geführt.
der alte franzbauer, mein leiblicher vater, hat inzwischen eine

kalteneggertochter aus allerheiligen geheiratet und ist sehr reich geworden.
aus dieser ehe ist dann der junge franzbauer sepp entsprungen, der arme.
auch mir hat der alte franzbauer nie was gezahlt.
weil er mich noch dazu gereizt hat und weil ich einen sehr schnellen charakter besitze, habe ich ihn eigenhändig am 15. märz 1950 in der brathendlstation timmerer in möderbrugg erstochen.
heute würde ich das wahrscheinlich nicht mehr tun, denn ich habe dann meine zeit bis 1960 im gefängnis in leoben und judenburg verbringen müssen.
es hat aber auch den großen vorteil gehabt, daß ich mit vielen wichtigen leuten zusammengekommen bin.
zwischen 1953-1958 habe ich mich auch mit der bibliothek des kreisgefängnisses leoben ausgebildet; das hat mir auf meinem weiteren lebensweg sehr geholfen.
dann bin ich gleich 1 jahr lang in das bergwerk fohnsdorf arbeiten gegangen, wo ich als huntbremser bei der sortierung beschäftigt worden bin.
ich habe abgerechnet, weil mich die pflicht als bauer gerufen hat.
jetzt bin ich wieder in meinem mutterhaus über kumpitz und lebe mit meiner gattin fani hödlmoser, geb. hinterleitner, die ich am 22. 8. 1966 geheiratet habe, und meinem sohn schurl hödlmoser, geb. am 20. 1. 1967, zusammen und bin bauer.
mein hof geht gut.
ich habe auch verwandte in fohnsdorf, hetzendorf, sillweg, rattenberg, aichdorf, zistl und bretstein, sowie in st. peter ob judenburg im möschitzgraben.
mein zweiter sohn ist unterwegs und ich möchte nun gerne gemeinderatsmitglied werden.
ich habe 2 ha boden mit wald, 1 stadel, 1 traktor, 12 kühe mit 1 stier und 2 ochsen geerbt und viele kontakte.

franz josef hödlmoser

»lieber hödlmoser«, sagt fani zu hödlmoser, »der schurl und ich, wir möchten wieder einmal eine kräftige schwammerlsuppe essen; auch beim siebenbäck drunten haben sie vorige woche schon schwammerln gegessen.«
hödlmoser geht in den kumpitzer wald schwammerlnsuchen.
auf dem buckel trägt er einen großen rucksack; auch die festen stutzen zieht er diesmal an.
dann steckt er noch seine alte schrotflinte in den rucksack, »falls mir was unterkommt.«
hödlmoser mag das fleisch lieber als die schwammerln.
schon um 6 uhr früh findet hödlmoser die ersten eierschwammerln.
er pflückt alle sorgfältig ab und wirft sie behutsam in seinen großen rucksack.
weiters findet hödlmoser noch steinpilze, herrenpilze, birkenpilze und 2 parasole.
alle befinden sich jetzt zusammen mit den vielen eierschwammerln im großen rucksack, der schon fast voll ist.
die schrotflinte trägt hödlmoser um die schulter, es ist schon 9 uhr früh geworden und hödlmoser ist weit gegangen.
da taucht auf einmal der junge franzbauer auf.
auch der franzbauer sucht schwammerln.
hödlmoser stutzt.
er ist sich ganz sicher, daß es der junge franzbauer ist, der arme.
hödlmoser hat nichts gegen den jungen franzbauer; aber vielleicht hat sich der franzbauer gemerkt, daß hödlmoser vor jahren seinen vater, der ja auch seiner war, erstochen hat.
obwohl hödlmoser nichts gegen den jungen franzbauer, der im kopf nicht richtig ist, der arme, hat, nimmt er vorsichtshalber seine schrotflinte von der schulter und entsichert sie.

hödlmoser wartet und der franzbauer kommt näher.
als aber der junge franzbauer ganz zu hödlmoser kommt und ihn nicht erkennt, oder nur ein bißchen, wird hödlmoser richtig wild, als dieser ihm alle eierschwammerln von seinem platz wegpflückt.
»erschießen müßt ich ihn, den kerl«, sagt hödlmoser laut vor sich hin, denn der franzbauer versteht ihn nicht.
aber schließlich findet es hödlmoser rührend, wie sich der junge franzbauer um die eierschwammerln kümmert und hängt sich seine flinte wieder um.
»du armer bursche«, sagt hödlmoser, »kannst ja auch nichts dafür; dich hat er ja noch schlechter behandelt, der alte franzbauer, unser vater; eigentlich bist ja doch mein bruder.«
»eigentlich gehören wir ja zusammen, du armutschkerl und ich, brüder gehören immer zusammen«, sagt hödlmoser und ist jetzt regelrecht traurig, daß ihn sein bruder nicht verstehen kann.
als hödlmoser beim waldgasthaus stoxreiter rast macht und einen schnaps trinkt, wirkt er noch sehr nachdenklich.
»waidmannsheil!« hat ihm der alte stoxreiter zugerufen, als er eingetreten ist.
hödlmoser hat nur vor sich hingemurmelt und finster dreingeblickt.
»was hast denn heut?« hat ihn dann die stoxreiterin gefragt.
aber hödlmoser hat gar nicht aufgeblickt.
hödlmoser trinkt seinen schnaps aus, zahlt und geht beim stoxreiter vorbei, der den kopf schüttelt, wieder in den wald nach hause.
diesmal hat hödlmoser nichts erlegt.
dafür machen sich aber fani und schurl gleich über den fast vollen rucksack her.
es sind lauter schwammerln drinnen.

REGIEANWEISUNG ZUR SZENE HÖDLMOSER/FRANZBAUER

hödlmoser und franzbauer sind in den wald gegangen.
hödlmoser ist stutzenträger.
als er plötzlich den franzbauer auf sich zukommen gesehen hat, hat er mit seinem schritt eingehalten und sogleich die hellgrünen stutzen vom franzbauer appercipiert.
»ach«, hat er gedacht, »auch du, franzbauer, trägst nun schon grüne stutzen!«
obwohl es eine recht starke apperception war, hat sich der franzbauer nicht vom stutzenträger hödlmoser in seinem schritt beirren lassen.
dann hat hödlmoser den stutzenträger franzbauer plötzlich auf sich zukommen sehen.
zuerst hat hödlmoser die lederhose vom franzbauer einfach percipiert, dann hat er aber gleich die ganze lederhose vom franzbauer intellektuell verarbeitet.
»schweinslederne trägt er also, der franzbauer«, ist das produkt der hödlmoserischen gedankenkombinationen gewesen.
er hat gleich seinem schritt einhalt geboten.
jetzt merkt der stutzenträger hödlmoser, daß der franzbauer mit grünen stutzen und einer schweinsledernen lederhose plötzlich auf ihn zukommt.
hödlmoser denkt jetzt, der franzbauer denkt: »ich komme zu hödlmoser: ich komme zu mir.«
obwohl hödlmoser in seinem schritt innehält, kommt der franzbauer ziemlich plötzlich auf sich zu.
hödlmoser überlegt: »habe ich den franzbauer nicht effektiv genug beirren können?«
franzbauer aber schreitet ebenso aktiv wie zuvor in direkter richtung auf sich zu.

hödlmoser weiß, daß der franzbauer immer den steirerhut trägt.
der stehende hödlmoser erblickt den oberkopf franzbauers, der tatsächlich aus dem steirerhut besteht.
schon seit vielen jahren vermittelt sich franzbauer seinen mitmenschen mittels des steirerhutes.
sein steirerhut ist dem franzbauer seine ganz individuelle vermittlung.
auch hödlmoser trägt den steirerhut.
hödlmoser sieht den grünen stutzen-, lederhosen- und individuellen steirerhutträger franzbauer auf sich zukommen.
»auch heute trägt der franzbauer wieder seinen mir gutbekannten steirerhut«, sagt hödlmoser zu sich.
unaufhaltsam nähert sich der franzbauer, er ist schon nahezu bei sich.
da muß hödlmoser, der stutzenträger, stehenbleiben, damit der franzbauer sich nicht zu plötzlich sich nähert.
hödlmoser stutzt.
bei sich denkt hödlmoser: »ich werde doch nicht angst vor der plötzlichen näherung franzbauers haben?«
es ist jetzt noch völlig ungewiß, ob hödlmoser, der schon verdutzt stehengeblieben ist, vor seiner ratio die verantwortung übernehmen kann, durch die näherung franzbauers zu sich in einen ängstlichen gesamtzustand hineingeschlittert worden zu sein.
da bearbeitet hödlmoser die frage: »ist der trend meiner beirrung franzbauers durch mein innehalten des schrittes, d. h. durch verlangsamung unserer gegenseitigen näherung durch mein beharren, am ende auf mich selbst umgeschlagen?«
hödlmoser ist sich dieser potentiellen dialektik vollständig bewußt.
er muß nun die faktizität zur kenntnis nehmen, daß trotz hödlmosers körperlichem stillstand der franzbauer sich blitzschnell nahekommt.
die steirische knollennase franzbauers kann der stutzenträger hödlmoser nun schon gut ausnehmen.

nun sieht hödlmoser das weiße im auge franzbauers ganz genau und bleibt stehen.
da wird hödlmoser franzbauers inne.
nun wird die verinnerung statthaben.
hödlmoser wird folgenden erkenntnisakt vollziehen:
»franzbauer wird bei sich sein.«
der ganze steirische franzbauer wird sich sich nähern.
im innern wird franzbauer sein.
hödlmoser und franzbauer innern sich.
»ein gewaltiger beziehungsreichtum wird zwischen uns walten.«
beide werden ineinander sein und die beirrungsangst wird aufgehoben.
die spezifischen differenzen werden überwunden.
hödlmoser und franzbauer werden eine steirische personalunion bilden.
eine einheit.
hödlmoser und franzbauer werden denken: »es wird die totalität der immanenz aufgehoben durch die immanenz des absoluten.«
hödlbauer.

inzwischen ist es 1970 geworden und der teufel ist los.
selbst hödlmoser auf seinem einsamen bauernhof hat erfahren, daß der wsv fohnsdorf seit monaten schon tabellenführer in der regionalliga mitte ist.
und da findet auch schon ein heimspiel statt.
und dabei ist der wsv fohnsdorf erst im letzten jahre von der landesliga aufgestiegen.
früher hat hödlmoser oft gesagt: »der fußball ist ein dreck!«
als aber die jungen burschen des wsv fohnsdorf von einem siegesrausch in den anderen gefallen sind, ist es schließlich auch hödlmoser aufgefallen und er hat sich gedanken darüber gemacht.
»eigentlich gar nicht so schlecht«, hat hödlmoser dann ein wenig gedacht.
in den gasthöfen siebenbäck, kienzl, pernthaller, leitner, im kaffeehaus zehenthofer und in der kollerbar hat hödlmoser inzwischen die gesamte kampfmannschaft des wsv kennengelernt und so ist es 1970 geworden.
»gute burschen!« sagt hödlmoser jetzt vom fußball.
heute muß ihn sein alter freund, der jäger kalinsch, nicht einmal überreden, endlich auch einmal auf den fußballplatz zu gehen.
heute sagt hödlmoser: »heute gehe ich auf den fußballplatz.«
mit seinem motorrad puch 250 sgs holt kalinsch hödlmoser in kumpitz ab.
»bravo!« ruft hödlmoser, als er kalinsch erblickt.
»auf gehts!« sagt kalinsch auf seinem knatternden fahrzeug.
»auf gehts!« sagt hödlmoser.
da knattert auch schon das fahrzeug los und befindet sich sogleich auf der landstraße nach fohnsdorf.
ausgesprochen gern fährt hödlmoser auf dem knatternden motorfahrzeug.

oft brummt er kalinsch ins ohr, indem er das motorengeräusch nachahmt.
und wenn hödlmoser aufdreht, dreht auch kalinsch auf.
einmal dreht hödlmoser bis zur vollen lautstärke auf.
in schneller fahrt juchzt er auf und reitet wild drauf los.
es muß in antoni gewesen sein, knapp vor dietersdorf, das schon zu fohnsdorf gehört, als das knatterpferd störrisch wird.
das pferd bricht nach links aus, schon scheint es durchzugehen, »die sporen weg«, schreit hödlmoser, stark reißt kalinsch an den zügeln, das pferd schleudert sich und seine reiter wieder auf die rechte seite, wird scheu, stellt sich quer und bringt vor aufregung keinen ton mehr aus sich heraus.
doch pferd und reiter sind standhaft gewesen.
»wir stehen in der falschen richtung!« ruft hödlmoser dem pferd und kalinsch zu.
da müssen alle drei fürchterlich lachen.
schnell lassen sie noch ein paar autos vorbei und dann galoppieren sie lässig in dietersdorf ein.
nach diesem schönen erlebnis unterbrechen sie ihren ritt und steigen beim gasthaus bretzenbacher aus dem sattel.
dort erzählen sie lachend den anderen fohnsdorfer cowboys ihre wilde geschichte und laben sich mit obstler, dem steirischen whisky.
»braves pferd«, sagt kalinsch und merkt sich, daß hödlmoser ein recht gefährlicher reiter ist.
in schöner fahrt erreichen sie den fohnsdorfer fußballplatz, der schon im spiel der reservemannschaften tobt.
auf dem fohnsdorfer fußballplatz befinden sich viele fohnsdorfer.
auch hödlmoser zahlt viel eintrittsgeld und begibt sich mit kalinsch unter die fohnsdorfer zuschauer.
»schau schau, der hödlmoser!« sagt der überraschte kassier.
und schon drängt hödlmoser sogleich an den rand des spielfeldes.
»mehr zum buffet«, weist der erfahrene kalinsch hödlmoser den günstigen platz.

sehr viele fohnsdorfer stehen beim buffet.
»oha, jetzt geht sogar schon der hödlmoser auf den fußballplatz«, begrüßt ihn dort der fohnsdorfer pfarrer.
»prost, herr pfarrer«, sagt hödlmoser, »sie auch hier? dann halt auf unseren sieg!«
»bravo!« ruft hödlmoser, als die reservemannschaften das feld räumen.
so unbeschreiblich ist der jubel, der beim einlaufen der wsv-kampfmannschaft aufbraust, daß hödlmoser, der unerfahrene, durch das andauernde hoch- und niederspringen der tausenden fohnsdorfer schließlich mit einem »bravo!« am boden zerquetscht wird.
alle haben gesehen, wie heldenmütig hödlmoser für den wsv zeugnis abgelegt hat.
heute wird hödlmoser als erster vom roten kreuz in das judenburger krankenhaus gebracht.

»schwein du!« äußern 3000 fohnsdorfer, als der mächtig durchbrechende roth hannes knapp vor dem 16er gelegt wird.
eine steigerung der stimmung ist unverkennbar.
da eilt schon der bullige hollerer mit dröhnenden schritten nach vorn, der freistoßspezialist, der produktive stopper.
ein wachstum der lautstärke kündigt sich an.
die »ausschluß«-sprechchöre spitzen die lage beträchtlich zu.
ganz ruhig erbaut hollerer in der zwischenzeit ein schönes häufchen sand, auf das er sanft das leder legt.
ganz ruhig wendet sich hollerer ab von der kugel und mißt mit exakten schritten seinen anlauf aus.
die schreie der fohnsdorfer stagnieren.
kein laut wird mehr geäußert; die berühmte unheimliche fohnsdorfer platzstille tritt ein.
fast gleichzeitig mit dem schrillen schiedsrichterpfiff taucht der ball im rechten kreuzeck unter.
der folgende begeisterungsboom der fohnsdorfer zuschauer, die in 3000facher weise den trend zu einem niveaumatch signalisieren, führt zu einer weiteren, jetzt latenten hebung der fohnsdorfer fußballgefühle sowie zu einer akuten absatzsteigerung am buffet.
hödlmoser betritt ungehindert das spielfeld und küßt hollerer zusammen mit den mannschaftskameraden.
»herrlich, willi«, flüstert hödlmoser hollerer ins ohr.
dann verläßt hödlmoser das spielfeld und wartet die weitere schwächung der gegnerischen mannschaft ab.
ein elegantes rückspiel zum gut disponierten torhüter reisner leitet die nächste phase ein.
schon aus der struktur des angriffsaufbaus – der ball wandert von: reisner – hollerer – haag – trampitsch – bistricky – schilcher –

eruieren die fohnsdorfer zuschauer das nächste fällige tor: mit einem einmaligen drehschuß wendet letzterer das leder zum zwar nicht flexiblen, aber schußkräftigen roskam, der mit einem äußerst scharfen kopfball den gegnerischen torhüter aus seinen schuhen reißt.
schon bevor sich das sensible fohnsdorfer publikum zum torschrei erhebt, pfeift der schiedsrichter zweimal laut in seine pfeife, um den erfolg der fohnsdorfer diesmal vor dem publikumsschrei kundzutun.
die entscheidung des schiedsrichters wird von allen fohnsdorfern anerkannt.
hödlmoser betritt ungehindert das spielfeld und küßt roskam zusammen mit den anderen mannschaftskameraden.
schon in der nächsten szene wird der aktive roskam von einem fürchterlichen fußtritt getroffen, so daß seine spielfähigkeit stark gemindert wird.
roskam liegt unproduktiv am boden.
eine einbuße muß befürchtet werden.
nach dem fohnsdorfer publikumsprotest, der sich bis in das spielfeld hinein erstreckt, wird der fußtreter ausgeschlossen.
am rand des spielfelds wird er von funktionären zusammengeschlagen.
volkar geht ans leder.
kurz spielt volkar zu pajenk ab, dieser wiederum zu schaffer, der sich bis an den fünfmeterraum durchwurzt; dann bleibt er stehen, lacht den tormann aus und schießt ein tor.
ungehindert betritt hödlmoser das spielfeld und küßt schaffer zusammen mit den anderen mannschaftskameraden.
dann halten alle fohnsdorfer spieler mit ihren kräften haus und der kurswert der fohnsdorfer steigt weiter.
noch 8 mal betritt hödlmoser ungehindert das spielfeld.
alle spieler des wsv fohnsdorf werden von hödlmoser geküßt.

DIE STEIRISCHE AGGRESSIONSGESCHICHTE

»was hast denn, vater?« sagt schurl zu hödlmoser. ohne zögern gibt hödlmoser schurl eine ohrfeige.

REGIEANWEISUNG ZUR SZENE HÖDLMOSER/SCHURL

schon zu lange sitzt hödlmoser in der herbstlichen stube und beobachtet mißmutig die langsamen fliegen.
hödlmosers schneller charakter kann nicht mehr zum zug kommen.
auch der schnapstee schmeckt hödlmoser nicht mehr.
wann endlich wird sich hödlmoser erheben und die fliegen in jugendlichem schwunge zerquetschen?
hödlmoser sitzt mißmutig auf dem sessel am tisch.
vor dem fenster fallen schon die blätter von den bäumen, denn es ist steirischer herbst geworden.
hödlmoser denkt an den fliegenpracker, der schon im sommer weggeräumt worden ist.
hödlmoser sitzt am tisch, schaut in den schnapstee und die fliegen brummen.
vor dem fenster fällt ein blatt vom baum.
»scheißherbst«, sagt hödlmoser.
»was hast denn, vater?« sagt schurl zu hödlmoser.
ohne zögern gibt hödlmoser schurl eine ohrfeige.

»aber rudi!« sagt hödlmoser kopfschüttelnd.
»so grob hätt der rudi aber auch nicht gleich sein brauchen«, pflichtet fani hödlmoser bei.
»so ein arschloch«, sagt schurl.
interessiert schaut die ganze familie hödlmoser in die zeitung, die gut bebildert ist.
hödlmosers einstellung zu den zeitungen ist sehr positiv.
schon oft hat hödlmoser gesagt: »wer viel liest, ist viel gebildet.«
»immer mit der zeit gehen.«
»man hat nie ausgelernt.«
besonders das tagesgeschehen studiert hödlmoser immer gründlich.
»aber immer auch die andere seite sehen«, sagt hödlmoser.
deswegen abonniert hödlmoser sowohl die »obersteirischen nachrichten« als auch die »murtaler zeitung«.
wenn es besonders wichtig ist, leistet sich hödlmoser aber immer auch eine ausgabe der grazer »neuen zeit«.
»immer mit der neuen zeit gehen«, sagt hödlmoser.
»jetzt hat er den elias erschlagen«, stellt hödlmoser fest.
»aber rudi! » sagt fani kopfschüttelnd.
jetzt muß hödlmoser laut vorlesen, was die redakteurin sissi elsbacher am 25. 9. 1971 in der »neuen zeit« schreibt: (»dabei hab ich dem rudi noch am dienstag ein bier spendiert«, sagt hödlmoser nachdenklich)

»MARTYRIUM EINES BABYS BEI FOHNSDORF
VATER WOLLTE RUHE UND ERSCHLUG DAS KIND
nur 7 monate lebte der kleine elias esterl aus kumpitz bei fohnsdorf.«
»in fohnsdorf munkelte man nämlich, daß der 26 jahre

alte rudolf esterl sein kind schon mehrmals mißhandelt hatte.«

»am 20. februar dieses jahres brachte frau esterl den elias zur welt. rudolf esterl mochte auch dieses kind nicht. mehrmals sagte er zu seiner gattin und zu verwandten: ›der bub ist sowieso nicht von mir.‹ der mann kümmerte sich nicht um den unterhalt, auch die frau trug kaum etwas zum wohlergehen des babys bei.«

»hab ja gleich gewußt, daß der elias nicht vom rudi ist«, prahlt jetzt schurl.
»bei uns hast du's aber immer gut gehabt, gelt schurl?« fragt der besorgte hödlmoser.
»freilich vater«, sagt schurl; »fast immer.«
»tu nicht schon wieder aufmucken!« mahnt fani.
»ruhe«, sagt hödlmoser und streicht schurl über das haar.

»das ergebnis war erschütternd. der gerichtsmediziner stellte 4 schädelbrüche fest. außerdem fand dozent dr. maurer mehrere alte, bereits verheilte brüche am schädeldach sowie schwere verletzungen am genick und an der brust. die obduktion brachte die ganze tragödie des kleinen elias erst ans tageslicht.«

»da sehts, wie tragödisch das leben sein kann«, meint hödlmoser traurig.
»jaja«, sagt fani.
schurl darf jetzt nichts sagen, denn er ist noch zu jung.

»am mittwoch nahm das tragische leben des kleinen elias ein ende: vor acht uhr gab ihm seine mutter zu essen. dann ging sie fort. kurze zeit später erbrach der bub und schrie vor magenschmerzen«,

liest hödlmoser weiter.
»sicher falsche schwammerln«, vermutet fani.

> *»der vater wollte schlafen. wutentbrannt schleuderte er das baby in das gitterbett.«*

»das ist noch nicht so schlimm«, erklärt hödlmoser.

> *»weil der kleine noch immer keine ruhe gab, schlug rudolf esterl so lang auf das kind ein, bis es nicht mehr schrie.«*

»das ist aber *schon* schlimm«, vermutet jetzt schurl.
»kusch!« sagt fani.

> *»dann legte sich der mann ins bett. als seine gattin stunden später zurückkehrte, gab elias keine lebenszeichen mehr von sich. erst am nachmittag fand es hiltraud esterl der mühe wert, den distriktsarzt zu verständigen.«*

»hilde, hilde«, entsetzt sich fani.

> *»inzwischen hatte sie ihrem mann noch einen teuflischen plan ausgeredet: rudolf esterl wollte das tote baby nämlich in einem schlackenhaufen in kumpitz verscharren.«*

»was – drunt in antoni, beim abfall mit den ratzen?« empört sich fani.
»wer weiß, was da unterhalb alles liegt«, flüstert hödlmoser fani ins ohr.
auch schurl ist es unbehaglich.

> *»dann beschloß das paar aber, dem arzt die version vom erstickten kind zu erzählen, was beinahe gelungen wäre.«*

nachdenklich blickt hödlmoser von der »neuen zeit« auf.
»und wenn … tot ist der elias sowieso schon …«
»strafe muß sein«, sagt fani hart.

»erst als die gendarmeriebeamten die eheleute am donnerstagnachmittag in das postengebäude holten und ihnen das verbrechen auf den kopf zusagten, brach rudolf esterl weinend zusammen.«

»das muß ein schock für den rudi gewesen sein«, sagt hödlmoser.
»selber schuld«, sagt fani.
»ruhe«, sagt hödlmoser.

»bei der hausdurchsuchung fanden die beamten gegenstände, die stumme zeugen der brutalität des mannes sind: eine stahlrute, einen sandsack, boxerhandschuhe, einen käfig mit singvögeln.«

»so eine frechheit«, meint hödlmoser; »boxhandschuhe und vögerlkäfig, das soll brutal sein?«
»gemeinheit«, sagt schurl, der sich zum geburtstag boxhandschuhe wünscht.

»mit stolz geschwellter brust erklärte rudolf esterl, wozu er diese dinge braucht. die stahlrute dient als verteidigung. ›weil ich zwei jahre boxer war, darf ich mit den fäusten nicht zuschlagen und muß mich mit der stahlrute verteidigen‹, gab der mann an. der sandsack diente zu boxübungen. mit einer primitiven falle fing esterl singvögel und riß den lebenden tieren die beine aus. so ähnlich tötete er auch mehr als 100 mäuse.«

»dreckschwein, arschsau, mörder!!!« erklingt es wie aus 1 munde bei hödlmoser, fani und schurl.

»ist es denn die möglichkeit?« fragt hödlmoser seine familie.
»und so einem menschen hast du noch dazu ein bier gezahlt?« wirft fani hödlmoser vor.
»das hättst nicht tun sollen!« meint auch schurl.
»gut, daß diese bestie von kumpitz endlich ausgerottet ist«, flucht hödlmoser und schwört sich, esterl nie mehr ein bier zu bezahlen.

REGIEANWEISUNG ZU HÖDLMOSERS MEINUNG ÜBER DEN ZEITUNGSARTIKEL, BETREFFEND DEN KUMPITZER KINDESMORD

»gar nicht bramarbasierend«, denkt hödlmoser schon nach den ersten gelesenen zeilen.
»das klischee einer blutigen zeitungsgeschichte hat er wohl verwendet, der autor«, denkt hödlmoser, »aber mit einem nicht zu unterschätzenden realitätssinn!«
»sehr bewußte formulierungen«, konstatiert hödlmoser, »sehr differenziert!«
»da ist der rote faden!« frohlockt hödlmoser: »hier wird die *brutalität* durchgezogen, und zwar durch die kumpitzerische gesamtproblematik, die immer wieder gehaltvoll erläutert wird.«
hödlmoser bewundert die linguistisch-äquilibristische kunstleistung, in der die kumpitzerische individualproblematik immer mit der totalproblematik konfrontiert, nicht aber aufgehoben wird.
»dem autor ist eine farbige exaktheit der erzählweise zu eigen, die ihresgleichen sucht«, denkt hödlmoser.
»diese mit dem stigma einer gereiften persönlichkeit versehene sprachliche artikulation triumphiert nicht durch kleinkrämerische detailbesessenheit, sondern durch den dauernden blick auf das GANZE; – und mit diesem ganzheitsblick gelingt es ihm auch auf meisterliche weise, die auslösenden faktoren – die seelischen abgründe einer steirischen seele – zu decouvrieren, ja sogar: desillusionierend ihre diskontinuität aufzuzeigen, um – sich von ihnen distanzierend – einen umfassenderen erkenntnisprozeß, betreffend die kumpitzer totalproblematik, einzuleiten, zu ermöglichen.«
»die relevanten zuordnungspunkte«, denkt hödlmoser, »treten offen zutage: kumpitz, frau, kind.«

»aus dieser triade«, denkt hödlmoser, »erzwingt sich ein notwendiger handlungsprozeß, ja, die determinanten sind einfach herrlich sensibel entlarvt worden.«
beim lesen von tierquälereien denkt hödlmoser: »mit welch präziser prägnanz hat doch dieser autor die bruchstellen mit unserer heutigen erfahrungswelt transparentiert!«
hödlmoser bewundert die innere logik des inneren aufbaues des dramatischen werkes.
»dieses werk hat seine spezielle relevanz in der darstellung von besonders bewußtseinsverändernden umstands- und handlungsbeschreibungen«, faßt hödlmoser zusammen.
»man kann gespannt sein, mit welchen arbeiten uns dieser autor noch überraschen wird!«

obwohl hödlmoser weiß, daß er kumpitzer bauer ist, fährt er in die weststeirische industriestadt köflach.
»ich nehme mir vor, meinen freund, den ehemaligen fohnsdorfer bergknappen wildmann, den ich ›kumpel‹ nenne, in köflach zu besuchen, weil wildmann jetzt in köflach wohnt. denn nunmehr ist ja köflach die einzige steirische besitzerin einer kohlengrube, die in bearbeitung steht.«
hödlmoser kann also das betreten köflachs einigermaßen vor sich selbst vertreten.
vor seiner abreise hat er zu fani noch gesagt: »morgen muß ich zum wildmann.«
»zum wildmann?« hat fani gesagt.
darauf hat hödlmoser gemeint: »zum wildmann«, und hat sich über das einverständnis gefreut.
dann ist hödlmoser ganz leise in das schlafzimmer gegangen und hat schurl sachte geweckt.
schurl hat zwar schon geschlafen, aber er hat den hödlmoservater noch sagen hören: »servus schurl.«
dann ist schurl wieder eingeschlafen und hödlmoser hat das schlafzimmer verlassen, in das fani gegangen ist.
fani ist bald darauf auch eingeschlafen.
hödlmoser hat sich gewaltigen mut angetrunken, was er sich selber aber nicht merken hat lassen, da er sich immer wieder vorgesagt hat: »hab ich heut einen durst!«
das hat ihn dann überzeugt.
das hat ihn dann so überzeugt, daß er in köflach herumgeht wie ein köflacher bauer.
hödlmoser geht einfach herum wie ein köflacher, weiß aber doch, daß er ein kumpitzer ist.

er meint, daß überhaupt nichts leichter sein könnte, als genauso herumzugehen, wie die köflacher herumgehen.
hödlmoser merkt, daß sich die köflacher zu rudeln zusammentun, die alle im wirtshaus verschwinden.
die wenigen einzelnen köflacher, die vereinzelt durch köflach gehen, tun sich, wie hödlmoser herausfindet, erst im wirtshaus zusammen, u. zw. zu: rudeln.
hödlmoser geht nun, um in köflach nicht unangenehm aufzufallen, in ein köflacher wirtshaus und will sich mit seinem angetrunkenen mut ebenfalls zu einem rudel zusammentun, um nicht unangenehm aufzufallen.
»grüß euch; grüß gott«, sagt hödlmoser, als er die wirtsstube betritt, wo er einige rudel köflacher erblickt.
sofort fühlt sich hödlmoser wohl, nimmt seinen obersteirischen steirerhut vom kopf und hängt ihn auf.
mit prellungen, schürfungen, nasenbluten und einem leichten kieferbruch erhält hödlmoser nach kurzer zeit sein erstes weststeirisches bier zur labung.
bis jetzt hat er sich eigentlich nicht vorgestellt, daß er so stark rudelbildend sein würde.
wohlwollend blicken ihn die köflacher an, die sich nun zu einem großrudel vereinigt haben.
hödlmoser sagt etwas lustiges und das ganze großrudel lacht.
auch wildmann befindet sich im rudel und spendiert hödlmoser sofort ein stamperl schnaps.
»wie gehts, kumpel«, sagt hödlmoser zu wildmann.
auch wildmann greift zu seinem schnaps und sagt: »prost, kumpel!«
hödlmoser erzählt fani, daß er sehr froh gewesen sei, von wildmann ebenfalls mit »kumpel« angesprochen worden zu sein.
stolz sagt fani: »ach, hödlmoser!« und schurl sagt: »bravo vater!«
dann klettert schurl auf den sitzenden hödlmoservater und liebkost seine blutige nase.

»für köflach bin ich zu individuell«, bemerkt hödlmoser auf dem weg ins wirtshaus.
»äußerst gefährliche pressure-groups, diese köflacher rudeln«, gesteht sich hödlmoser ein.
die vorüberziehenden köflacher rudeln veranlassen hödlmoser zu der frage, ob diese verinstitutionalisierten kleingruppen nicht – mindestens in ihrem soziogenetischen prozeß – determiniert sind durch ein starkes soziales spannungsgefälle.
»sicher ist es dem heutigen köflacher arbeiter schon unmöglich gemacht worden, sich als individuum zu bestätigen«, denkt hödlmoser.
»hier ist anscheinend eine natürlich wachsende versteinerung von inhumanen massenphänomenen im gange«, erkennt hödlmoser.
da bildet sich in hödlmoser ein mahnruf: »köflacher! kennst du nicht deine gesellschaftliche deformiertheit? merkst du nicht mehr die verwurschtetheit deiner individualität?«
hödlmoser weiß, daß er den erkannten sozio-ontologischen bruch in den köflachern aufbrechen muß.
hödlmoser wird die köflacher den nichtentfremdeten menschen im wirtshaus lehren, denkt hödlmoser.
»nur eine geänderte exemplarische praxis kann eine köflacher bewußtseinserweiterung bzw. -umkrempelung erwirken«, darüber ist sich hödlmoser im klaren.
hödlmoser startet seine ideologiekritische aktion, indem er das wirtshaus nicht im gruppenrudel betritt – in der intention, sich auch *im* wirtshaus nicht vergruppen zu lassen –, sondern als individualrudel, um auf diese weise das exempel einer authentischen selbstverwirklichung zu demonstrieren.
»authentische aktionen sind noch immer das auslösende moment

von umfangreichen erkenntnisprozessen gewesen, ohne die eine humane praxis unmöglich ist.«
mit diesen gedanken auf den lippen gelingt es hödlmoser vor den blicken der verdutzten gruppenrudeln gerade noch, sich seines hutes zu entkleiden und sogar einige schritte zu tun.
unerwartet schnell formiert sich jedoch ein köflacher großrudel aus den gruppenrudeln, das das individualrudel hödlmoser zermalmt.
»für köflach bin ich zu individuell«, bemerkt hödlmoser auf dem weg vom wirtshaus.

DIE STEIRISCHE LÄUTERUNGSGESCHICHTE

heute fährt hödlmoser mit seinem fahrrad puch spezial.
auf dem gepäckträger sitzt schurl und freut sich auf den ausflug ins dorf.
aber hödlmoser belehrt schurl, daß sie heute keinen ausflug machen, sondern für fani 1 liter öl und 1 kilo brot kaufen wollen.
schurl bleibt trotzdem auf dem gepäckträger sitzen und freut sich auf den ausflug.
hödlmoser sagt: »das nächste mal machen wir ganz bestimmt einen ausflug nach fohnsdorf; jetzt müssen wir aber für fani einkaufen fahren!«
schurl hat sich genau gemerkt, was sein vater gesagt hat, und freut sich schon auf den ausflug.
dann schiebt hödlmoser sein fahrrad, auf dem der lustige schurl sitzt, 20 minuten lang über den steinigen weg hinab nach kumpitz.
immer, wenn hödlmoser zu schnell schiebt, ermahnt ihn schurl und sagt: »sei vorsichtig vater!«
hödlmoser sagt darauf: »hast ja recht, schurl«, und freut sich über den aufmerksamen schurl.
dann kommen sie nach kumpitz und jetzt geht die fahrt erst richtig los.
hödlmoser nimmt auf seinem fahrrad platz und tritt stark in die pedale.
wie der wind sausen sie über den kumpitzer hauptplatz.
schurl hält sich gut an seinem vater an.
schon schießen sie unter dem jauchzen schurls geradewegs auf die fohnsdorfer landstraße zu.
wie wild tritt hödlmoser immer schneller, obwohl es zur landstraße bergab geht.
schurl sagt: »brems, vater!«

im schnellen fahrtwinde aber gelangen schurls worte nicht an hödlmosers ohr.
immer schneller rast die landstraße auf sie zu.
da zwickt schurl seinen vater in den arsch und hödlmoser bremst scharf.
schurls kopf wird auf den rücken seines vaters geschleudert und hödlmoser rutscht vom sattel auf die stange.
dort prallt er recht hart auf; aber das fahrrad steht rechtzeitig.
hödlmoser springt jetzt brüllend vom fahrzeug und hält mit beiden händen seine eier fest.
da beginnt auch schurl zu weinen, denn er hat angst vor dem hödlmoservater.
tatsächlich geht hödlmoser nun auf den fliehenden schurl zu und gibt ihm schnell 3 ohrfeigen.
schurl bleibt stehen und weint lauter weiter.
er, schurl, der sich und seinen vater gerade vor einem möglichen sturz auf die landstraße gerettet hat, oder gar vor einem schweren verkehrsunfall, kann sich jedenfalls nicht erklären, warum ihn, den retter, der hödlmoservater schlägt.
»sei froh, daß nur die eier kaputt sind«, sagt schurl.
und hödlmoser, sein einsichtiger vater, sagt mit schmerzverzerrtem gesicht: »hast ja recht, schurl; bin ja selber schuld gewesen.«
und er trocknet seinem schurl die tränen mit seinem schneuztüchl und streichelt ihn am kopf.
hödlmoser meint: »ist ja schon gut, schurl!«
er nimmt sich vor, in zukunft mehr rücksicht auf seine und schurls gesundheit zu nehmen.
jetzt erinnert er sich auch daran, daß fani einmal zu ihm gesagt hat: »sei nicht so hart zum buben; du hast immer so einen schnellen charakter.«
»jetzt können wir aber nicht mehr einkaufen fahren«, sagt hödlmoser zu schurl; »ich habe mir die eier gehörig gequetscht!«
»laß uns jetzt zum wirten gehen!« schlägt schurl seinem vater vor.
stolz blickt hödlmoser seinen sohn an; dann nimmt er das unbe-

schädigte fahrrad, dreht es in richtung kumpitz und legt seine linke hand um die schultern von schurl.
hödlmoser schiebt das fahrrad und geht mit schurl zu fuß bis zum wirten.
als ihm schurl unterwegs eine seiner lustigen geschichten erzählt, vergißt hödlmoser bald seine eier.
dann lacht er sogar schon wieder und läutet mit der fahrradglokke.
zur feier des tages bekommt schurl beim wirten ein achtel rotwein von seinem frohen vater, das er ganz allein austrinken darf.
für die bekannten muß schurl alles noch einmal erzählen.
bald lachen auch die anderen gäste und sind sehr stolz auf ihren kumpitzer schurl.

mit unvorstellbarer vehemenz rutscht hödlmosers hodensack auf die fahrradstange puch spezial.
die stangenberührung erfolgt mit großer geschwindigkeit.
»das wird eine physiologische einwirkung ergeben«, denkt hödlmoser anprallend.
»immer diese haptischen reize!«
der hoden-stangenberührungseffekt wird nun zu einem psychosomatischen erlebnis hödlmosers ausgebaut.
jetzt schon kann hödlmoser abschätzen, daß er eine fahrradstangenfixierung davontragen wird.
hödlmosers hodenanprall verankert sich traumatisch.
zwar will hödlmoser die erotischen und z. t. auch sadosexuellen komponenten dieser berührung anfangs mehr im auge behalten, doch schließlich setzt sich eine vegetativ bedingte aggressive gesamthaltung durch, die eine akute mimetische veränderung bewirkt: schmerz verzerrt hödlmosers gesicht.
therapeutisch völlig richtig geht hödlmoser nun analytisch vor: »eine neurose muß ich auf alle fälle vermeiden; die möglichen nervösen stauungen eines schocks muß ich so schnell wie möglich abreagieren«, diagnostiziert hödlmoser.
das noch in kinetischer bewegung sich befindliche fahrrad kommt jetzt durch hödlmosers fußtritt zum stillstand.
unwillkürlich entschließt sich hödlmoser zu einer phonetisch-akustischen aktion zur steuerung seiner psychophysischen krise: ein ungeheuer hemmungsbefreiender schrei ertönt von hödlmosers lippen.
»und jetzt werde ich noch eine körperbewegung hervorrufen«, überlegt hödlmoser schnell zur abwehr der drängenden psychose.
und da ist es auch schon ganz klar und optisch sichtbar, daß hödlmosers hoden ihren stationären aufenthalt auf der fahrrad-

stange wechseln: hödlmoser springt mit seinem ganzen körper vom fahrrad.
schurl verläßt das führerlose fahrrad erst, als es umzustürzen droht.
und jetzt erst setzt hödlmoser dem fliehenden schurl nach.
später aber nimmt hödlmoser als echter psychagoge seinem schurl die schuldkomplexe weg und gibt ihm sehr viel wein zur seelischen wiedererstarkung.

DIE STEIRISCHE WALLFAHRTSGESCHICHTE

»auf, auf!« ruft hödlmoser schallend durch das haus.
gerade erst hat sich die sonne mit einigen zipfeln auf die grate und wipfeln gelegt und schreitet immer weiter in die täler und auen, in die hödlmoser tut schauen.
mit schöner morgenstimme entbieten die vögerl ihren morgengruß, den sie im walde vollbringen.
in der frühen morgenstunde ruft hödlmoser seiner familie zu: »ist heut ein schöner tag! stehts alle auf und laßts uns nach maria buch wallfahrten gehn! »
da springt die ganze familie hödlmoser gemeinsam aus dem bett und freut sich auf den maxlaunermarkt, der heute in maria buch stattfindet.
während hödlmoser den guten, heißen milchkaffee, den fani zum frühstück bereitet hat, schlürft, zieht er sich auch schon seine festen bergschuhe an und blinzelt fröhlich in die sonne.
»ist heut ein schöner tag«, sagt hödlmoser; »fertigmachen!« ruft er; »4 stunden müssen wir schon gehen und wir wollen doch um 8 uhr schon dort sein.«
da wirft fani ihre schürze fort und schurl schüttet seinen kaffee um, damit er auch fertig ist.
dann treten sie alle in die freie natur hinaus.
sehr gut schauen diesesmal hödlmoser und fani aus; hödlmoser selbst trägt seinen fast neuen steireranzug mit trachtenkrawatte und langem gamsbart, während fani ein steirisches dirndl anhat; aber auch schurl ist sehr stolz auf seine sonntagslederhose; er hat einen grünen hosenträger, auf dem ein großer hirsch röhrt.
schon auf dem weg nach kumpitz erfreut hödlmoser schurl, indem er ihm ein schönes pfeiferl aus nußholz schnitzt.
dann pfeift schurl zweimal und sagt: »danke, vater!«

stolz bedankt sich auch fani mit einem netten kuß auf hödlmosers wange.
sogleich hat familie hödlmoser kumpitz hinter sich gebracht und wallfahrtet auf der landstraße nach fohnsdorf.
bereitwillig erklärt hödlmoser schurl die schönheiten der natur.
als sie in antoni sind, zeigt hödlmoser mit der linken hand auf die müllablagerungsstätte und fragt: »siehst die ratzen dort?«
schurl juchzt vor freude auf, als er auch schon ein ganzes rudel erblickt.
fani versteckt sich hinter hödlmoser, denn sie weiß, daß ratzen sehr gefährlich sind.
dann bejaht hödlmoser schurls frage, ob es den ratzen dort wohl auch gut gehe.
kurz vor dietersdorf verläßt der ortskundige hödlmoser mit fani und schurl die landstraße und biegt nach rechts in den weg nach wasendorf ab.
zur feier des tages erlaubt hödlmoser schurl, 2 äpfel von einem apfelbaum zu stehlen.
»aber nicht vom baum herunterfallen!« mahnt hödlmoser.
dann beißt schurl mit großer freude in einen der 2 schönen äpfel und sagt: »danke, vater!«
den anderen apfel schenkt er fani.
fani ist sehr stolz auf schurl und küßt ihn auf die wange.
schon kommen sie beim karl-august-schacht in wasendorf vorbei und hödlmoser sagt zu schurl: »das ist der karl-august-schacht.«
schurl weiß zwar, daß auch hier einmal kohle gefördert worden ist, aber so nahe ist er noch nie beim karl-august-schacht gewesen.
dann bringt ihm hödlmoser die wichtigsten bergmännischen fachausdrücke bei und erzählt ihm aus der zeit, in der der karl-august-schacht noch in betrieb gewesen ist.
sehr oft muß schurl über damals lachen und die zeit vergeht schnell.
absichtlich wählt hödlmoser wieder die landstraße nach juden-

burg, damit schurl das wehrhafte schloß gabelhofen mit seinem stolzen wassergraben ganz aus der nähe sehen kann.
und wirklich haben sie glück.
erschüttert zeigt hödlmoser seiner familie einen großen pkw, der in der letzten nacht in den trockenen wassergraben gestürzt ist.
jetzt liegt er auf dem grunde des wassergrabens auf dem dach.
traurig sagt schurl: »so ein schönes auto.«
»wäre besser gewesen, wenn er über die zugbrücke und nicht in den wassergraben gefahren wäre«, erklärt hödlmoser.
als sie an den beiden vom naturschutz geschützten bäumen vorbeigehen, fallen hödlmoser auch schon die ersten rittergeschichten ein, die er dem wißbegierigen schurl mitteilt.
hödlmoser erzählt jetzt sehr ausführlich, denn sie müssen die lange ebene des aichfeldes überqueren, um auf die bundesstraße 17 zu gelangen.
unterwegs trägt hödlmoser mit schurl einen ritterkampf aus, den schurl zur überraschung aller für sich entscheiden kann; schurl hat also bei den erzählungen hödlmosers sehr gut aufgepaßt.
knapp vor der bundesstraße 17 wird der knappe schurl nun von hödlmoser zum ritter geschlagen.
»bravo, schurl!« sagt hödlmoser neidlos.
und dann bekommt der ritter schurl von der jungfer fani den siegeskuß.
»unser schurl!« sagt hödlmoser glücklich und faßt fani um die hüften.
dann führt die wallfahrt hinunter zum »zenz«, dem vorort judenburgs mit der bahnstation, und schurl ist überhaupt noch nicht müde.
bei der bahnüberführung zeigt hödlmoser schurl und fani einen vorbeifahrenden elektrozug, der im bahnhof stehenbleiben muß, weil die fahrgäste aussteigen wollen.
»der bleibt erst wieder in unzmarkt stehen«, erläutert hödlmoser.
daneben ist das gußstahlwerk, das schon sehr groß geworden ist.

auch hier fährt eine lokomotive, aber es darf niemand aufsitzen, denn in den waggons ist nur gußstahl.
»dort oben ist der stadtturm von judenburg!« sagt hödlmoser und zeigt ihn mit seiner hand.
als aber die bundesstraße einen knick zur murbrücke macht, sagt hödlmoser: »wir nehmen die abkürzung.«
dann gehen alle über die straße und biegen links nach murdorf ab, das hinter der neuen murbrücke liegt.
auf dieser schönen brücke darf nun schurl einmal hinunterspukken.
sogleich schnappen die murfische nach schurls spucke und tragen sie die mur hinunter.
dann schaut sich die ganze familie das große murdorfer hochhaus an, in dem sich ein schneller aufzug befindet.
hödlmoser bejaht wiederum schurls frage, ob ganz droben auch menschen wohnen.
da gruselt es schurl und sie kommen zur wehrhaften ruine liechtenstein, die auf einem versteckten felsen thront.
bei der ruine schlägt hödlmoser jetzt den weg in den wald ein, auf dem man schneller nach maria buch kommt.
zur freude seiner eltern fallen schurl jetzt 2 rittergeschichten ein, die denen hödlmosers sehr ähnlich sind, aber viel grauslicher.
dann geht hödlmoser stundenlang mit fani und schurl durch den stillen dunklen wald, in dem die vögerl singen.
als sie kurz vor maria buch den mariabucher steinbruch antreffen, sagt hödlmoser: »jetzt ists nicht mehr weit.«
da wissen auch fani und schurl, daß sie bald in maria buch sein werden, und sind schon ganz ungeduldig.
jetzt tritt die familie hödlmoser aus dem wald und wird von der mariabucher wallfahrtskirche begrüßt.
ganz maria buch ist voll von standeln und menschen.

REGIEANWEISUNG ZUR WIEDERFINDUNG SCHURLS

und die hödlmoserischen ziehen jedes jahr an einem bestimmten feiertage nach maria buch zum maxlaunermarkt.
und als schurl 12 jahre alt ist, gehen sie der festsitte gemäß hin.
als aber der tag vorüber ist und sie wieder heimkehren, bleibt der knabe schurl in maria buch und seine eltern wissen es nicht.
denn siehe, seine eltern haben sich gehörig berauscht.
in der meinung, er sei bei einer wandergruppe, gehen sie eine halbe nachtreise weit und suchen ihn unter den verwandten und bekannten.
da sie ihn nicht finden, kehren sie nach maria buch zurück und suchen ihn.
und es begibt sich: nach 3 tagen finden sie ihn im wirtshause, wie er mitten unter den bauern sitzt, ihnen zuhört und sie fragt.
es staunen aber alle, die ihn hören, über seine einsicht, seine antworten und seinen durst.
und da sie ihn erblicken, sind sie fassungslos, und seine mutter sagt zu ihm: »kind, warum hast du uns das angetan? siehe, hödlmoser und ich suchen dich mit schmerzen.«
und er spricht zu ihnen: »warum habt ihr mich gesucht? wußtet ihr nicht, daß ich im wirtshaus sein muß wie mein vater?«
und hödlmoser und fani verstehen das wort, das er zu ihnen spricht.
und schurl geht mit ihnen hinweg und kommt nach kumpitz und ist ihnen untertan.
fani bewahrt alle diese worte in ihrem herzen.
und schurl nimmt zu an weisheit und alter und durst vor gott und den menschen.

DIE STEIRISCHE BEGRABUNGSGESCHICHTE

schon als sich am abend vorher die kumpitzer wolken zusammenziehen, aber nur ein wetterleuchten anstelle des erwarteten unwetters aufzieht, sagt hödlmoser zu fani: »sieht schlecht aus heute.«
dann kommt noch der frische wetterwestwind vom tauern, aber das wetter kommt wieder nicht mit.
schafe und kühe hödlmosers blöken geängstigt und muhen in den finsteren ställen.
die furchtsame fani sagt zu hödlmoser: »hab ich eine angst.«
draußen ist es so finster, daß man nichts sehen kann.
schurl ist schon früh ins bett gegangen und liest ein schulbuch.
immer, wenn schurl ein schulbuch liest, hat er keine angst mehr vor dem wetter.
da wird es in der natur ganz unheimlich und alles ist gefährlich still.
sehr schlecht schläft die ganze familie hödlmoser in der nacht.
»habs ja gleich gewußt«, sagt hödlmoser in der früh zu fani.
das kumpitzer totenglöckerl läutet sturm.
»jetzt hats ihn erwischt, den alten hartleb.«
während schurl nun in die schule nach allerheiligen gehen muß, hält hödlmoser in kumpitz totenwache beim alten hartleb.
schon bevor der pfarrer aus fohnsdorf kommt, stimmen die kumpitzer bauern neben dem alten hartleb das schöne gebet: »der rosenkranz« an.
dann beten die kumpitzer bauern einige stunden lang wechselweise das gebet »der rosenkranz«.
zwischendurch gehen hödlmoser, der schwarzgekleidete junge hartleb und der junge franzbauer einen schnaps trinken.
dann kommt der fohnsdorfer pfarrer und alle beten das schöne gebet »der rosenkranz«.

dann geht der pfarrer mit den kumpitzer bauern schnaps trinken und spricht über den alten hartleb.
zum schluß sagt hödlmoser: »ein guter bauer war er, der alte hartleb.«
der pfarrer fährt wieder nach fohnsdorf und die kumpitzer bäuerinnen dürfen jetzt die totenwache halten.
die ganze nacht müssen die kumpitzer bäuerinnen beim alten hartleb sein und die kumpitzer bauern im wirtshaus.
am 2. tag wachen nur mehr die verwandten vom alten hartleb beim alten hartleb.
am 3. tag, wenn der alte hartleb gustl zu stinken beginnt, wird er von den kumpitzer bauern auf den schultern nach fohnsdorf getragen.
unterwegs wird wechselweise das schöne gebet »der rosenkranz« gebetet.
in der fohnsdorfer kirche hält der fohnsdorfer pfarrer das requiem für den alten hartleb.
der ministrant, der das kreuz von kumpitz nach fohnsdorf trägt, bekommt vom pfarrer 20 schilling; dann gibt ihm der junge hartleb noch 10 schilling dazu.
die geldscheine, die die kumpitzer bei der opferung abgeben, behält alle der fohnsdorfer pfarrer.
der fohnsdorfer pfarrer beendet dann das requiem und führt den toten mit seinen hinterbliebenen durch die grazerstraße direkt auf den fohnsdorfer friedhof.
für das ausschaufeln des grabes für den alten hartleb bekommt der fohnsdorfer mesner 500 schilling.
vor dem grabesloch wird das schöne gebet »der rosenkranz« nicht mehr gebetet.
hödlmoser weiß, daß es nun bergab gehen wird mit dem alten hartleb.
dann hält der fohnsdorfer pfarrer eine schöne bauernpredigt, der fohnsdorfer kameradschaftsbund schießt dreimal in die luft und

der kumpitzer männergesangsverein singt gemeinsam das schöne bauernlied: »ich hatt einen kameraden«.
jetzt weinen alle kumpitzer bäuerinnen und die kumpitzer bauern stehen habtacht.
nach kameradschaftlichen worten des abschieds spielt die fohnsdorfer bergkapelle, die aus lauter bergknappen besteht, einen trauermarsch und jetzt weinen auch die kumpitzer bauern.
hödlmoser schließt seine augen und weint bittere tränen.
im rhythmus des trauermarsches wird der alte hartleb in seine ewige ruhestätte hinuntergelassen.
jetzt schreien sogar einige kumpitzer bäuerinnen.
dann müssen alle männlichen teilnehmer einzeln zum grabesloch vortreten und eine schaufel fohnsdorfer friedhofserde auf den alten hartleb poltern lassen.
der jetzt wieder gefaßte hödlmoser schüttet 3 volle schaufeln fohnsdorfer friedhofserde auf den alten hartleb, weil es so schön poltert.
hödlmoser schüttelt den angehörigen alle hände.
dann macht hödlmoser ein kreuz vor dem kreuz, dreht sich um und geht weg.
zum schluß machen es die weiblichen teilnehmer den männlichen nach.
dann geht der trauermarsch mit einer flotten marschmusik in den gasthof pernthaller zum leichenschmaus.

REGIEANWEISUNG ZUR SZENE HÖDLMOSER/HARTLEB

hödlmoser befindet sich auf der grazerstraße 500 meter vor dem fohnsdorfer friedhof.
hödlmoser marschiert im männlichen teil des trauerzuges, hinter dem der weibliche teil des trauerzuges marschiert.
das, was am alten hartleb sterblich ist, wird vorangetragen.
hödlmoser überlegt, ob die seele tatsächlich die form, das gestaltungsprinzip des körpers, auch des toten steirischen, sei.
offenbar hat seine seele den alten hartleb schon verlassen, denn der alte hartleb besteht nur mehr aus seiner körperlichen hülle.
hödlmoser fragt sich, ob ein toter körper bei der allgemeinen auferstehung zur rechenschaft über die schandtaten des lebendigen körpers herangezogen werden könne.
hödlmoser fragt sich: »muß ich bei der abrechnung über die schandtaten des körpers am ende die gnade ansetzen?«
hödlmoser weiß nicht, ob der alte hartleb die barmherzigkeit gottes verdient oder unverdient empfangen wird; zur sicherheit legt hödlmoser inzwischen eine fürsprache für den alten hartleb bei gott ein.
er sagt zu gott: »gott, vergib dem alten hartleb seine konkupiszenz!«
der übrige trauermarsch hat sich um das geneigte herz mariens zu kümmern und betet daher das schöne gebet »der rosenkranz«.
hödlmoser bedauert, daß der alte hartleb für seine fleischlichen gelüste nun für einige jahre ins fegefeuer, in die vorhölle muß, freut sich aber gemeinsam mit dem alten hartleb auf die parusie.
»wenn nur die läuterung nicht notwendig wäre«, denkt hödlmoser.
an dieser stelle stoppt der alte hartleb vor seinem grabesloch.
als die schöne bauernpredigt ganz allein für den alten hartleb gehalten wird, erinnert sich hödlmoser wieder an die singularität

des menschlichen individuums – und damit auch der menschlichen seele.
»werde ich gemeinschaft haben mit der seele des verblichenen am tag des jüngsten gerichtes?« fragt hödlmoser.
während der kameradschaftsbund schießt, denkt hödlmoser an seine eigene seelische individualität und kann sich keine antwort auf die frage der kollektiven auferstehung geben.
»ist meine selbstbestimmung in bedingt-autonomer freiheit etwa das kriterium für mein eingehen in den himmel?« fragt hödlmoser sich und gott.
»kann man die visio beatifica erarbeiten oder nur zufällig erblikken?« denkt hödlmoser beim absingen des totenliedes.
hödlmoser befällt eine theologische trauer bei der feststellung so vieler unbeantworteter menschlicher grundfragen.
blutenden herzens schüttet er den alten hartleb und seine problematik mit der fohnsdorfer friedhofserde zu.

DIE STEIRISCHE HOCHZEITSGESCHICHTE

sehr steirisch gekleidet betreten hödlmoser, fani und schurl die katholische kirche von weistrach in niederösterreich.
heute ist hödlmosers vetter sepp zum heiraten dran.
durch seine hühnerzucht hat sich der sepp schon in jungen jahren einen guten namen gemacht; auch ein kleinkind hat er sich schon geleistet.
jetzt tritt der vetter sepp mit den vielen verwandten vor den traualtar, hinter dem der priester steht.
sehr schnell hat sich schurl mit der kleinen schönen annamirl aus der weiteren verwandtschaft befreundet; schon legt er seinen arm um annamirls schultern.
beim heiraten muß schurl immer ans doktorspielen denken.
als schließlich das schüchterne ja der braut ertönt, weint schurl tränen der freude und drückt die annamirl an sein herz.
da aber dreht sich der hödlmoservater um und hebt bedrohlich den rechten zeigefinger; jetzt schüttelt er auch noch den kopf.
da erkennt schurl, daß er noch zu jung ist.
»so ein schlimmer bub«, sagt hödlmoser leise zu fani.

REGIEANWEISUNG ZUR SZENE SCHURL/ANNAMIRL

die beiden geschlechtspartner nähern sich dem weistracher traualtar.
auch die feiernde gemeinde nähert sich.
schurl findet die freudige zeremonie mit den lustigen menschen sehr erogen.
gleich stellt sich schurl hinter annamirl und versucht, ihre sekundären geschlechtsmerkmale zu erkennen.
schurl weiß zwar, daß die primären erst nach der eheschließung besichtigt werden dürfen, bedauert dies aber.
»ich spreche als arzt«, flüstert schurl annamirl ins ohr, »und bitte um äußerste sauberkeit beim zuhören.«
sehr willig lehnt sich annamirls kopf an schurls schulter.
»konvention und kontrazeption sind unsere grundprobleme«, erklärt schurl, »wir müssen solche tabuisierten erregungsräume wie diesen gezielt überwinden; die artifizielle insemination muß bekämpft werden.«
annamirl stimmt zu.
»wozu haben wir denn die aphrodisiaka?« wirft schurl rhetorisch ein.
»schließlich soll die heirat keine sterilisation bewirken! so könnte es aber fast scheinen, wenn wir diese ringfetischisten beobachten. ja, in unseren tagen werden fellatio und cunnilingus zur wiederbelebung unserer sinne kaum mehr ausreichend sein.«
schurl rückt näher.
»keine angst!« beschwichtigt schurl; »meine hormone gehören mir! – in der regel setzt die familienplanung ohnehin zu spät ein...«
schurl setzt sich für eine bessere hormonalpädagogik ein.
»natürlich ist die erotomanie im sinken begriffen«, verkündet schurl, »selbstverständlich, denn die vorbereitungen zu den wich-

tigen ereignissen des jungen geschlechts werden allzusehr auf die leichte schulter genommen. – beginnen wir also zuerst bei der prüfung der basaltemperatur; zu diesem zweck habe ich vorsorglich unser zimmerthermometer mitgebracht.«
mit dem »ja« der braut will schurl seine intimuntersuchungen beginnen.
aber tabuisierte konvention und kontrazeption vereiteln schurls vorhaben.
»so ein schlimmer bub«, sagt hödlmoser kopfschüttelnd zu fani und erhebt seinen drohfinger gegen schurl.

heute besteigt hödlmoser den steirischen berg zirbitzkogel.
dann ist der große rucksack schon auf dem rücken hödlmosers, der mit ihm die 2tausendmetergrenze überwindet.
hödlmoser beobachtet viele zirben.
sehr groß ist der zirbitzkogel.
als sich 2 steirische gemsen zu hödlmoser gesellen, werden sie von hödlmoser mit handschlag begrüßt.
dann gehen sie ein gutes stück weges angeregt plaudernd nebeneinander her.
auch die steirischen alpendohlen begrüßt hödlmoser herzlich.
als hödlmoser schließlich den kräftigen polentasterz von fani hervorholt und ihn den alpentieren anbietet, verbrüdern sie sich spontan mit ihm, so gut schmeckt er.
hödlmoser sagt jetzt: »schwester gemse« zur gemse und die gemse sagt jetzt: »bruder hödlmoser« zu hödlmoser.
auch die dohlen sagen: »bruder hödlmoser«.
in recht ausgelassener stimmung verabschieden sich alle knapp unter der schutzhütte »zirbitzkogelhaus«.
laut ruft hödlmoser den wegfliegenden steirischen dohlen noch einige lustige grußworte zum abschied nach, als ihm plötzlich und unerwartet ein zirbitzsenner von der gegenüberliegenden bergwand antwortet.
neugierig ruft hödlmoser zurück: »joi joi joiidiii?«
worauf der zirbitzsenner tatsächlich: »dulijö dulijö dulijöiidiii!« antwortet.
fröhlich sagt hödlmoser drauf: »holodaro idiii!«
da aber mißversteht ihn der zirbitzsenner und sagt heimtückisch: »dali daho dahoi zaza.«
da beginnt hödlmoser wütend mit seinen armen zu fuchteln; in einem grauenhaften tonfall brüllt er brutal zurück:

»jolad jolad jositnu!!! nuhi vazi stoima do – grumi lumi loiduuu!« da breitet sich eine erschütternde stille über die zirbitzhänge und die ganze natur verstummt vor dieser fürchterlichen drohung.
hödlmoser ist eindeutig zu weit gegangen.
(leise fragt sich hödlmoser: »bin ich zu weit gegangen?«)
jetzt wendet sich hödlmoser versöhnlich dem zirbitzsenner zu und bittet stammelnd um verzeihung.
hödlmosers schlichte worte: »holi jjo« überzeugen schließlich den braven zirbitzsenner, der nun begütigend: »holi oli oidaroo!« zurückruft.
da wird es hödlmoser ganz warm ums herz; liebevoll zirpt er zurück: »galiontariaho! wuzi woiza zibi zit – zibu zaza zili bit. ziwit ziwit zi lot zo lu, zimanda zuschu vischukuuu.«
sehr geschmeichelt fühlt sich jetzt der zirbitzsenner, der gerührt antwortet: »zili bili zirbi tu, naxi taxi tok tok tok. lisi bili wischi lo, duli dali joo da roo. da hmpf juhu!«
leichten herzens und frohen mutes erklimmt hödlmoser die letzten meter des berges zirbitzkogel.
gemeinsam gleiten ihre blicke über das herrliche land steiermark und spähen ein wenig nach kärnten hinüber.
die überwältigende schönheit der steirischen berge und täler, die hödlmoser ins auge fällt, zwingt hödlmoser auf die knie.
weit strecken sich die arme hödlmosers in das land, als von seinen lippen schon der lobpreis des schöpfers der herrlichkeit erschallt:

»godlodlodlodlodlodlodlodl o tati!
ta himi obi tu ju hu!
ha li lu li le li nami tu!
lala lant tui kumi oba ja za mi
sei wi sei – juhei!
wi di himi dl dl landl do
guku kuku ruzu hoida
smrt na ne de la, de nam po de la
hol der para nurski tam
sexi nixi wixi tu mi
tri ria tri dlio – waukeli – wau
piff-paff-puff.«

(vater unser
der du bist im himmel
geheiligt werde dein name
dein reich komme
dein wille geschehe
wie im himmel …
unser tägl. Brot …
vergib uns unsere schuld
wie auch wir …
und führe uns nicht …
sondern erlöse uns …
amen.)

tränenden auges erhebt sich der körper hödlmosers und begibt sich in die bereitstehende schutzhütte »zirbitzkogelhaus« hinunter.
noch während er die schöne schutzhütte betritt, denkt hödlmoser: »zirbi bami gu ku ru, lavoi za lu zali zalot, za birmi tumi tani.«
und dann öffnet er schon den großen rucksack und trinkt das gute gösser bier.

DIE STEIRISCHE GESCHICHTE VOM TODE SCHURLS

»13 jahre wird er schon, der schurl«, sagt hödlmoser zu fani.

»jaja«, sagt fani und klopft zweimal behutsam auf ihren schwangeren bauch.

»weißt doch, wie gern der schurl radfahren tut«, sagt hödlmoser. »schon ganz zusammengeritten hat er mein puch spezial.«

langsam willigt fani ein, daß schurl ein neues fahrrad zum geburtstag bekommt.

als schurl 13 jahre alt wird, bekommt er von hödlmoser ein neues fahrrad puch spezial geschenkt.

»juhu vater!« sagt schurl zu seinem neuen fahrrad.

»hast es endlich«, sagt fani.

aber schurl steht schon nicht mehr vor ihr; wie ein teufel ist er aufs fahrrad gesprungen und wild drauflosgefahren.

»schurl!« ruft ihm hödlmoser nach; aber schurl ist schon im dunklen waldweg nach kumpitz verschwunden.

»mußt ihm nachfahren«, sagt fani zu hödlmoser, »gach stürzt er.«

»aber nein«, sagt hödlmoser.

dann fährt hödlmoser schurl nach.

wagemutig überquert hödlmoser mit dem fahrrad die steilen stücke des kumpitzer waldweges, auf die er sich sonst nur zu fuß gewagt hat.

immer mehr steigert sich hödlmosers geschwindigkeitsrausch, als er plötzlich schurl in einer kurve auftauchen sieht.

sehr elegant legt sich schurl in die kurve und juchzt.

»vorsicht, schurl«, ruft hödlmoser laut zu schurl.

mitten in der kurve dreht schurl das gesicht seinem vater zu.

als der seitliche kopf schurls mit aller wucht der schnellen fahrt an eine stämmige fichte prallt, ruft hödlmoser mit allen leibeskräften: »halt!«

aber das fahrrad ist schon zerschmettert.

hödlmoser steigt ab und besichtigt kopfschüttelnd den zerquetschten kopf schurls.
»schurl, schurl«, murmelt hödlmoser.
dann schiebt er sein altes fahrrad puch spezial, auf dem der tote schurl liegt, nach kumpitz.

unwillig vernimmt hödlmoser fanis satz: »mußt ihm nachfahren.«
sofort tritt eine idealkonkurrenz bei hödlmoser ein.
»muß ich jetzt dem jungen schurl freiheit gewähren oder muß ich meiner väterlichen hütepflicht nachkommen?« überlegt hödlmoser.
fanis weiteres drängen erwirkt in hödlmoser eine lädierung der autonomen willensentscheidung.
»hier bin ich in einem kompetenzenkonflikt«, erkennt hödlmoser.
»soll ich fani und dem gesetzgeber gemäß handeln – oder soll ich eine persönliche entscheidung verwirklichen?«
erst nach weiterem drängen fanis und zögern hödlmosers ergreift dieser sein fahrrad puch spezial und fährt los.
»hoffentlich wird diese verzögerung nicht vom ABGB geahndet!« denkt hödlmoser im frischen fahrtwind.
hödlmoser steigert die geschwindigkeit, um einen aktenkundigen unfall schurls zu verhindern.
noch immer muß hödlmoser befürchten, daß schurl mit dem schnellen fahrrad kumpitz verlassen wird und eines tages nach dem vagabunden- und landstreichergesetz abgeurteilt werden wird.
zum glück fällt hödlmoser aber auch das UnschVerurtG. ein, denn er hält schurl für unsch.
»in diesem falle müßte ich sogar die BMfJ. und fInn. anrufen, denn sowohl die ZPO. als auch die StPO., im bes. aber das TilG. 1951 sind so lückenhaft und abschreckend, daß sie überhaupt nicht vom StGG. gedeckt sein können!«
jetzt aber erblickt hödlmoser schurl und freut sich, daß der anklagetenor nicht mehr auf vagabundage liegen kann.

»aber vorsicht!« denkt hödlmoser; »die meisten strafen sind mutwillensstrafen!«
wenn es soweit ist, will hödlmoser eine aufsichtsbeschwerde, betreffend unsorgfältige amtsverrichtung, an die ratskammer schicken.
anläßlich seiner väterlichen sorgepflicht mahnt nun hödlmoser schurl mit einem schrei zur vorsicht.
während schurl mit gewendetem kopfe aus der kurve saust, denkt hödlmoser schon an seine verfolgung durch die StGNov., die das OLG. einleiten wird.
hödlmoser wartet die fallfrist ab.
da schurl mit hoher diskretionärer gewalt an den fichtenstamm prallt, weiß hödlmoser bereits, daß seine mühewaltung nicht anerkannt werden wird.
er sieht sich bereits vor der schubbehörde, die ihm selbst das zehrgeld verweigern wird.
mit schadenfreude wird die behörde seinen arbeitsamen lebenswandel unberücksichtigt lassen.
als schurl am stamm bricht, weiß hödlmoser, daß ihm kein formgebrechen mehr helfen kann.
hödlmoser wird den OGH. anrufen.
er verflucht die beiden GOG. aus den jahren 1896 und 1945.
da der tod schurls eintritt, sieht sich hödlmoser schon den fangfragen einer kabinettsjustiz, die das anklagemonopol für sich beansprucht, ausgesetzt.
beschauscheine werden sich die rechtsanwälte und ärzte ausstellen lassen.
»ich weiß nur, daß ich dem gericht erklären werde, daß es mit einer sorgfältigen strafrechtspflege unvereinbar ist, nur augenscheinsprotokolle aufzunehmen.«
»das ist ja ein reines talionsprinzip«, denkt hödlmoser.
gegen eine untersuchung mit unbewaffnetem auge wird sich hödlmoser wehren.
»das ruhen des verfahrens und meiner liegenschaften werde ich

in der gängigen staatssprache beantragen«, überlegt hödlmoser listenreich; »schließlich kann mir keine notorietät nachgewiesen werden.«
auch eine sprechkontrolle wird hödlmoser beantragen; dazu wird er alle artikel des ZBlStrafs. und der ZVR. sowie des SSt. und der ÖJZ. bzw. RiZ. studieren.
»schließlich bin ich kein offizialdeliktler«, beruhigt sich der erfahrene hödlmoser.
hödlmoser sieht beruhigt in die zukunft.

hödlmoser und fani sind im wald.
dann erleben hödlmoser und fani das 2. walderlebnis.
hödlmoser führt fani an der hand.
dann gehen sie durch den wald.
»schon 15 jahre her«, denkt hödlmoser und sieht fani an.
dann dreht sich fani um und blickt hödlmoser in die augen.
hödlmoser blickt auf eine fichte und zeigt das eichkätzchen.
dann springt das wild aufgewachsene eichkätzchen auf ein anderes.
2 eichkätzchen vögeln auf einer fichte.
dann dreht sich fani um und blickt hödlmoser beherzt in die augen.
hödlmoser erblickt eine fichte und zeigt 2 vögelnde eichkätzchen.
jetzt bewundert hödlmoser den braunen eichkätzchenschweif.
da denkt hödlmoser: »so ein schöner buschen!«
gierig blickt fani hödlmoser an.
»2 schöne buschen«, denkt hödlmoser.
dann sieht hödlmoser eine fichte.
schon biegt sich der ast der fichte der vögelnden eichkätzchen.
jetzt sitzt ein kleiner waldvogel auf dem gebeugten fichtenast.
nun hören die katzen zu vögeln auf.
und da muß auch hödlmoser lachen.
denn jetzt sind alle beiden eichkätzchen vom vogelfichtenast gesprungen.
als fani eine andere fichte erblickt, hüpfen alle eichkätzchen auf eine andere fichte.
plötzlich ist fani überhaupt nicht mehr geil.
da öffnet hödlmoser den mund und spricht zu den eichkätzchen:
»lausbuben«, sagt hödlmoser.

es drehen sich erstmals die eichkätzchen zu hödlmoser um und lachen ihn aus.
abermals erwacht in fani die geilheit, als wild die eichkätzchen wiederum vögeln im wald.
fani und hödlmoser gehen durch den wald.
dann sieht fani hödlmoser an.
»schon lange her«, denkt hödlmoser.
dann blickt fani hödlmoser in die augen.
hödlmoser aber führt fani sicher nach hause.
alle eichkätzchen bleiben im wald.

REGIEANWEISUNG ZU HÖDLMOSERS REDE IM WALD

»wein und most rauben dir vernünftiges denken, o fani! meine lust befragt mein holz, mein stab soll dir auskunft geben: der geist der unzucht hat dich verführt, buhlend entfernst du dich von deinem gott.
auf bergesgipfeln bringst du opfer dar, auf hügeln hebst du dein kleid, unter fichten, tannen und föhren, weil ihr schatten so angenehm ist.
ich strafe dich nicht für deine wollust, o fani!
denn auch die männer gehen mit dirnen abseits.
das törichte volk kommt so zu fall.
wenn du, kumpitz, unzüchtig bist, so soll doch hödlmoser sich nicht verfehlen!
geht nicht in dunkle wälder, dubiose gräben, zieht nicht hinauf auf bergesgipfel um der unzucht willen!
ja, kumpitz ist widerspenstig wie eine störrische kuh.
sollte nun der herr sie weiden wie lämmer auf dem weiten aichfeld?
deine schande liebst du mehr, o kumpitz, als deine würde!«

DIE STEIRISCHE REISEGESCHICHTE MIT REGIE

und schon sitzt hödlmoser im städteschnellzug nach wien.
im fluge eilen mur- und mürztal vorbei an hödlmoser, nach hinten, an das zugende.
unter dem motto: »österreichs alter lernt wien kennen« macht sich hödlmoser auf nach wien, der fernöstlichen hauptstadt.
als der schnelle zug den semmering verläßt und nach niederösterreich hineinsticht, richtet hödlmoser seinen steireranzug und setzt den steirerhut mit dem gamsbart auf.
»nur nichts verleugnen«, sagt hödlmoser zu dem schaffner und blickt das ausland neugierig an.
viel wald und feld sieht hödlmoser auf der fahrt nach wien.
»so anders sind mir wald und feld«, denkt hödlmoser, »kein steirer mehr könnt hier noch wohnen.«
hödlmoser ahnt, in welche abgründe er sich begeben haben wird.
hier wird er seinen steirischen mann stellen müssen, das weiß hödlmoser.
sehr groß ist wien, als hödlmoser in wien ankommt.
sehr unnatürlich sprechen und sind die wiener.
nur schwer kann sich hödlmoser verständlich machen, meistens muß er sich der zeichensprache bedienen.
der natürliche steireranzug hödlmosers wird von einigen wienern beschimpft und verhöhnt.
»einmal wird auch dieses land steiermark heißen«, vermag sich hödlmoser zu beherrschen, ja, mit lachendem, siegessicherem schmunzeln wandelt hödlmoser zeichengebend durch die wienerstadt.
»ich bin ein zeichen für die steiermark, für die natur«, denkt hödlmoser.
noch weiß wien nichts von der steiermark, das weiß hödlmoser.

erschüttert besichtigt hödlmoser den sittenverfall in der innenstadt.
nicht erblickt hödlmoser feld, baum, wald und höhle.
»alles technisiert«, denkt hödlmoser; »kein steirer, keine steiermark.«
hödlmoser trägt sein steirertum durch die kärntnerstraße, vorbei am steffl, über den graben zur hofburg, zum ballhausplatz.
da hödlmosers protestmarsch nicht angemeldet ist, wird er auch nicht zum bundeskanzler vorgelassen.
»eine unvorstellbare verachtung des steirertums«, denkt hödlmoser.
dann beschimpft hödlmoser 3 polizeiposten auf steirisch.
jetzt zieht hödlmoser weiter zum rathaus, um mit dem wiener bürgermeister zu sprechen.
»du meister des verfalls!« sagt hödlmoser zum bürgermeister.
»bitte, herr hödlmoser?« sagt der wiener bürgermeister.
»habs ja gleich gewußt«, denkt hödlmoser; »nichts als verfall; du arme steiermark in diesem reich.«
»bitte, herr hödlmoser?« sagt der wiener bürgermeister.
»ärsche seids«, erklärt hödlmoser dem bürgermeister und gibt ihm eine steirische ohrfeige.
dann flucht hödlmoser 2 minuten ohne unterbrechung.
jetzt ruft der bürgermeister die illegale rathauswache, die hödlmoser überwältigt.
mit ohnmächtigen tränen in seinen augen wird hödlmoser verhaftet.
hödlmoser denkt an die steiermark.
weit erstreckt sich der blick hödlmosers in die ferne steiermark, die in seinem herzen glüht.
»für dich, mein heimatland, nun muß ich leiden«, denkt hödlmoser.
in seinem herzen hat hödlmoser wien und die wiener zentralregierung bereits verworfen.

mutig bekennend wird hödlmoser aufrechten ganges in die polizeistation gebracht.
stolzen blickes wandert hödlmoser mit den polizisten durch die wienerstadt, indem er laut singend bekennt:

»für dich allein,
du holde steiermark,
halt ich die treu bis in das grab.
und kommen schlechte tage auch –
die finstre nacht, die bittre not –
dem heimatboden bin ich eingedenk!
nicht sei zu kostbar mir
mein letzter tropfen blut,
den ich für dich,
du holde steiermark,
vergießen darf,
und seis in zorn und wut.
ahoi, mein steirerland, ahoi!«

und dann verschwindet hödlmoser schon in der finsteren zelle.

dann kommen die landtags- und gemeinderatswahlen und das ganze steirervolk muß wählen.
vor dem wahltag kommen die wahlwerbungsveranstaltungen.
nachdem ihn der wiener bürgermeister 3 tage eingesperrt hat, kandidiert hödlmoser nicht mehr für den fohnsdorfer gemeinderat.
»schmutziges geschäft«, sagt hödlmoser.
als aber der steirische landesvater zu einer wahlveranstaltung in kumpitz angesagt ist, zieht hödlmoser seinen mantel an und bricht nach kumpitz auf.
»das ist was anderes«, sagt hödlmoser zu fani; »das hat mit politik nichts zu tun, wenn unser vater kommt.«
alle 300 männlichen kumpitzer empfangen den landesvater am hauptplatz; alle werden mit »grüß gott« begrüßt.
darauf sagen die 300 kumpitzer: »grüß gott, landesvater!«
dann stellt sich der landesvater in die mitte des hauptplatzes und beginnt seine rede: »liebe kumpitzer …«, als er auch schon wie eine vom blitz gefällte eiche zusammenbricht.
gerade hat er noch das rechte wort am rechten ort gefunden, als er auch schon mitten im leben aus dem leben gerissen wird.
»die not hat er gekannt, die macht erobert, den verstand gebraucht, und jetzt ist er tot, der landesvater«, denkt hödlmoser.
»ein guter österreicher war er, unser vater«, sagt der junge dumme franzbauer.
»das herzstück des steirerlandes ist uns entrissen«, wird die presse schreiben.
dann wird der tote landesvater begraben und bald darauf findet die wahl statt.
sehr fiebrig ist kumpitz am vortag der wahl.

schon am vormittag versammeln sich die kumpitzer bauern in den beiden kumpitzer wirtshäusern.
dann trinken die kumpitzer bauern viel bier und besprechen die morgige wahl.
»sperrstund«, sagt der wirt um mitternacht.
da verdüstern sich die blicke der kumpitzer bauern und die gespräche verstummen.
»noch eine runde«, sagt hödlmoser zum wirt; »wir trinken auf unseren landesvater.«
»morgen kommt ein neuer landeshauptmann«, meint der wirt beschwichtigend.
»auf unseren echten landesvater!« brüllt jetzt gemeinsam die runde mit hödlmoser.
»alkoholverbot«, sagt der wirt abweisend.
mit dem gedanken an den toten landesvater erhebt sich jetzt hödlmoser und schlägt dem wirt ins gesicht.
die nächste runde schenken die bauern selbst ein.
dann verständigt der wirt die fohnsdorfer gendarmerie und wird von hödlmoser und 5 freunden zusammengeschlagen.
nach einer halbstündigen schlägerei werden alle kumpitzer bauern von der gutausgebildeten fohnsdorfer gendarmerie verhaftet und mit dem einsatzfahrzeug puch 500 gruppenweise in den fohnsdorfer häfen bzw. in das judenburger krankenhaus eingeliefert.
am wahlsonntag dürfen hödlmoser und die übrigen kumpitzer ihre demokratische stimme nicht abgeben.

REGIEANWEISUNG ZUR WIRTSHAUSSITZUNG

»politisieren muß man die massen«, denkt hödlmoser, »und dann demokratisieren.«
»prost!«
sehr wohl weiß hödlmoser, daß er eine politische sendung zu erfüllen hat.
am samstag vor der großen wahl spendiert hödlmoser als erster eine ganze runde, um sich gehör zu verschaffen.
»wir leben in einer demokrazi«, sagt hödlmoser, »bei uns darf nicht nur jeder eine meinung haben, sondern er muß sie sogar haben, und sagen soll er sie auch.«
so will hödlmoser einen bewußtseinsveränderungsprozeß mit der intention der mobilisierung der kumpitzer massen einleiten.
»jeder darf etwas sagen, sogar über den neuen landeshauptmann«, fordert hödlmoser die kumpitzer heraus.
»prost!«
»aber nicht nur ja und amen!« mahnt hödlmoser.
»so viele demokratische einrichtungen haben wir«, erklärt hödlmoser, »und niemand will sie nützen.«
»und warum?« fragen jetzt die kumpitzer.
»und warum?« fragt hödlmoser; »weil sie niemand kennt!«
hödlmoser muß jetzt eine leichte kritik an den massenmedien üben.
bald klagen auch die anderen kumpitzer über informationsmangel.
»habs ja gleich gesagt!« sagt hödlmoser.
»und deswegen dürfen wir auf unser höchstes demokratisches recht, die freie stimmabgabe am vorgeschriebenen wahltag, auf keinen fall verzichten, um so die geschicke unseres landes mitzubestimmen!«
hödlmoser bekommt applaus.

»hab ich nicht gewußt«, sagt der junge franzbauer.
»und jetzt lassen wir die demokrazi hochleben!« feuert hödlmoser zur nächsten bierrunde an.
»nur durch bewußte wahlbeteiligung können wir unser demokratisches mitbestimmungsbewußtsein stärken!« schließt hödlmoser.
am nächsten tag werden die kumpitzer bauern eine bewußte politische entscheidung treffen, denkt hödlmoser.
dann aber trifft hödlmoser den aloyalen wirt mit einem politischen gesichtsschlag.
auch die fohnsdorfer gendarmen werden von den kumpitzern subversiv attackiert.
am tag der wahl befinden sich die kumpitzer bauern zum gedenken an den verstorbenen landesvater in gefängnis und krankenhaus.
kumpitz hat eine bewußte politische entscheidung gefällt.

sehr lieblos ist fani in letzter zeit zu hödlmoser gewesen.
»was hat sie denn?« denkt hödlmoser.
schon wieder brüllt fani mit hödlmoser.
»vielleicht, weil der schurl nicht mehr da ist?« überlegt hödlmoser.
»aber in 3 monat kommt ja wieder ein neuer schurl«, sagt hödlmoser begütigend und will fani behutsam auf den schwerschwangeren bauch klopfen.
und da entfährt fanis hand schon eine große ohrfeige mitten in hödlmosers gesicht.
»verschwind zum wirten!« schreit fani.
nachdem fani einen fußtritt bekommen hat, geht hödlmoser ins wirtshaus und läßt die wimmernde fani zurück.
»dreckweib«, denkt hödlmoser auf dem weg nach kumpitz.
»nervös ist sie halt«, erklärt hödlmoser seinen kumpitzer bauernfreunden im wirtshaus.
dann sagt keiner der gäste etwas zu hödlmoser.
jetzt stutzt hödlmoser.
hödlmoser wittert etwas.
»was ist los?« rempelt hödlmoser den knecht vom bartlbauer an.
der knecht aber stiert nur in sein bier wie die anderen kumpitzer bauern.
»jessasmariandjosef!« haut hödlmoser auf den tisch; »was soll denn sein mit der fani?«
hödlmoser bestellt schnaps.
dann sagt der knecht: »warst halt ein bisserl viel im arrest in der letzten zeit.«
noch ehe der knecht einen faustschlag erhält, ergänzt der junge siebenbäck: »na ja, schau: ein paar monat wegen dem schurl, dann

ein paar tag wegen dem bürgermeister in wien und dann wieder ein monat wegen der rauferei mit der gendarmerie und so.«
»aber immer unschuldig!« brüllt hödlmoser.
»freilich, hödlmoser!« stimmen da die kumpitzer bauern zu.
»na also«, stellt hödlmoser fest, »bin immer ein ehrlicher steirischer bursch gewesen!«
nach einer kurzen pause fängt der knecht wieder an: »das schon, aber …«
»was aber?« schreit hödlmoser wieder.
es ist sehr düster in der wirtsstube.
»aber schau«, sagt der knecht, »die arme fani ist immer so allein gewesen in der ganzen zeit … dabei ist sie noch recht fesch … da haben wir sie halt öfter besucht und … einen getrunken mit ihr …«
»aber sonst nichts«, sagt schnell der wirt.
»aber jetzt«, flüstert der knecht dem schnaubenden hödlmoser ins ohr, »jetzt läßt sie uns nimmer hinein, weil der junge gufler pepi immer bei ihr ist … in der nacht …«
entsetzt blicken die kumpitzer bauern den unvorsichtigen knecht an.

(da erinnert sich hödlmoser: »verkehrt jemand mit deinem stück weib, so soll er des todes sterben, und auch das weib sollt ihr töten.«)

mit einem fürchterlichen schrei schnellt hödlmoser in die höhe.
alle weichen erschrocken zurück.
da hebt hödlmoser den schweren stammtisch in die höhe und zerschmettert 3 kumpitzer bauern mit einem schlag.
im blutrausch schlägt hödlmoser den übrigen kameraden mitsamt dem wirt die schädel ein und stürzt aus der toten wirtsstube, die zum leichenfeld geworden ist.
wie ein berserker eilt hödlmoser durch die hohlen wege hinauf zum hödlmoserhof.

dann stürzt hödlmoser mit blutverschmiertem gesicht in sein finsteres haus, in dem kein licht mehr brennt.
hurtig reißt er die schlafzimmertür auf.
dann wird licht gemacht und fani, pepi und hödlmoser brüllen gleichzeitig los: fani vor ohnmacht, pepi vor schreck und hödlmoser vor blutrausch.
den unbekannten nackten pepi reißt hödlmoser aus dem bett.

(unausgesprochen denkt hödlmoser: »niemand darf sich das weib seines vaters zur frau nehmen und die bettdecke seines vaters aufdecken.«)

dann gibt ihm hödlmoser ganz ruhig seine kleider und sagt: »in meinem haus wird keiner umgebracht; zieh dich an und komm auf die blutwiese.«
beim hinausgehen denkt hödlmoser: »hab ich heut einen zorn!«
gleich kommt auch der zitternde pepi nach.

(nicht und nicht kann sich pepi in der – für hödlmoser nicht sichtbaren – abschiedsszene mit fani aufraffen, seiner gewissensforderung folge zu leisten: »wenn bei einer rauferei zweier stammesgenossen das weib des einen herzukommt, um ihrem manne zu helfen wider den andern, der ihn schlagen will, und wenn sie ihre hand ausstreckt und jenen an seinen schamteilen ergreift, dann haue ihr ohne rücksicht die hand ab!«
pepi bringt es nicht zustande.)

hödlmoser spuckt in die hände.
»die fani hat mich verführt«, will pepi lügen.
»kusch!« sagt hödlmoser.
»hab ich eine angst«, sagt pepi.
an diesem satz erkennt hödlmoser, daß pepi mit ihm verwandt sein muß.

bebend fragt hödlmoser nach seinem alter, und ob die gufler mirl seine mutter ist.
pepi bejaht.
zu einer salzsäure erstarrt, die hand vor den augen, murmelt hödlmoser nur mehr vor sich hin: »mein sohn!!! mein sohn ...«
pepi aber nützt den günstigen augenblick und sticht seinen vater mitten in die brust (mit dem großen küchenmesser, das er aus der hose zieht).

REGIEANWEISUNG ZUR SZENE HÖDLMOSER/PEPI

hödlmoser spricht zu seinem ledigen sohn pepi: »komm, wir wollen aufs feld gehen!«
als sie auf dem felde sind, stürzt sich pepi auf seinen vater hödlmoser und ersticht ihn.
der himmelvater spricht zu pepi: »wo ist dein vater hödlmoser?«
pepi antwortet: »ich weiß es nicht; bin ich denn der hüter meines vaters?«
er aber spricht: »was hast du getan? die blutige stimme hödlmosers schreit zu mir vom erdboden empor. und nun sollst du verflucht sein in kumpitz, das seinen rachen aufreißen wird, deines vaters blut aus deiner hand aufzunehmen.«

DIE ENDGÜLTIGE FORTSETZUNG DER STEIRISCHEN UNTERGANGSGESCHICHTE

»mein sohn«, röchelt hödlmoser und bricht bluttriefend zusammen.
aufatmend läuft pepi zur wiedererwachten fani und blickt ihr siegesbewußt in die geängstigten augen.
fani aber nimmt sein noch von hödlmosers blut tropfendes küchenmesser wahr und klatscht ihm den fliegenpracker ins gesicht.
pepi, der eben den väterlichen rivalen erledigt hat, blickt sehr böse.
da erwacht in fani schlagartig die kumpitzer gattenliebe und dann stürzt sie sich schon mit hödlmosers gewehr in den händen auf den mißratenen liebhaber.
pepi aber reißt sie blitzschnell auf den boden und schlitzt ihr mit dem blutverklebten küchenmesser den schwangeren bauch auf.
zu guter letzt schneidet sich pepi selbst die kehle durch und ist tot.

schweren schaden erlitten hat durch ein elementares naturereignis von seltsamer wucht die obersteirische ortschaft kumpitz. – kumpitz, nur 20 gehminuten von dem obersteirischen bergwerksdorf fohnsdorf entfernt, liegt am rande des aichfelds und ernährt sich von den bäuerlichen tätigkeiten seiner bewohner. bedingt durch den liebreiz seines anblicks wurde es auch schon des öfteren »perle des aichfelds« genannt und das nicht zu unrecht: schmiegt sich dieser kernige steirische ort mit seinen etlichen hundert insassen doch herrlich an den kumpitzer graben und verschönt die ganze obersteiermark.
nun mußte diese perle des aichfelds eine in ihren ausmaßen noch gar nicht abschätzbare katastrophe erleiden, so daß es fürderhin fraglich erscheinen muß, ob die ehemalige perle auch in zukunft »perle« genannt werden wird können.
wie die wenigen menschlichen überlebenden kurz nach dem ereignis angaben, hätten sie zeit ihres lebens so etwas noch nicht erlebt. experten rätseln jetzt an der frage herum, ob das erdbeben, das den kumpitzer bergrutsch – und damit die folgenschwere zerstörung kumpitzs selbst – verursacht hat, die folge der unter dem aichfeldboden eingestürzten stollen des fohnsdorfer bergwerks ist – womit ja das fohnsdorfer bergwerk bzw. die stollen, die von diesem bergwerk unterhalb des aichfeldbodens verlaufen, die hauptschuld an diesem unglück hätten – oder ob nicht umgekehrt der innerkumpitzerische druck, der sich ja besonders in letzter zeit stark verstärkte – und wohl in der kurz vor dem naturereignis stattgehabten ausrottung der hödlmoserischen seinen vehementesten ausdruck gefunden hatte – schließlich auch auf den aichfeldboden selbst als zu belastend auswirkte, so daß infolge dieses druckes der – von den langen und breiten stollen des fohnsdorfer bergwerks durchfurchte – aichfeldboden nicht

mehr standhalten konnte, einbrach, eine große erschütterung und schließlich das erdbeben hervorrief, welches ja die unmittelbare ursache des verheerenden bergrutsches gewesen ist. – auf alle fälle steht jetzt aber doch fest, daß es sich unbedingt um eine weitreichende übertragung von erschütterungen handeln muß und daß das erdbeben zwar der *anlaß*, nicht aber der *grund* der verwüstung kumpitzs ist; im gegenteil, das erdbeben selbst kann nach den letzten recherchen der ortsansässigen gendarmerie selber nur als folge eines vorhergehenden geschehens, welches eben – wie oben angeführt – die noch nicht restlos geklärte erschütterung gewesen ist, die ja zur verschüttung kumpitzs geführt hat, angesehen werden.

jedenfalls bietet kumpitz, die frühere perle des aichfelds, momentan ein schreckliches bild der verwüstung von sach- und menschenwerten (– noch lange nach dem unglück konnte man die schmerzverzerrten schreie der unglücklichen vernehmen!), und man muß sich wirklich besorgt fragen, wohin es geführt hätte, wäre tatsächlich die ganze ortschaft – und nicht nur ein teil von ihr – zugrundegegangen …

so aber besteht doch noch die berechtigte hoffnung, daß nach der möglichen wiedererrichtung dieses lieblichen steirischen fleckens ein solches unheil in zukunft – obwohl ja nach diesem ereignis keine absolute sicherheit mehr vorherrschen kann – fernbleiben möge. dies sei schließlich allen überlebenden in diesem schönen aichfelde in der steiermark von herzen gewünscht.

Inhalt

R. P. Gruber Werkausgabe

Band 1

Alles über Windmühlen. Essay

Werke. Band 1, 1997, 145 Seiten, ISBN 3-85420-466-3
ÖS 250.- DM 37.-

Eine Wissenschaftssatire über ein windiges Objekt – aber auch die verblüffende Inventur eines entlegenen Gegenstandes: das Debüt von Reinhard P. Gruber und das erste literarische Dokument seiner grundsätzlichen Skepsis gegenüber der Welt und ihrer sprachlichen Darstellung.

Band 2

Im Namen des Vaters. Roman in Fortsetzungen

Werke, Bd. 2, 1998, 164 Seiten, ISBN 3-85420-482-5
ÖS 250.- DM 37.-

»Gruber führt vor, wie althergebrachte Rituale, reaktionäre Anschauungen, verkrustete Lebensregeln Sinn und Haltbarkeit des familiären Seins konstituieren. Gruber hat mit seinem Buch in gewissem Sinn ein Standardwerk des Vaterromans und der angewandten konkreten Poesie zugleich geschrieben.«

(Ludwig Harig in der SÜDDEUTSCHEN ZEITUNG)

Band 3

Die grüne Madonna. Roman

Werke, Bd. 3, 1999, 144 Seiten, ISBN 3-85420-512-0
ÖS 250.- DM 37.-

Eine aberwitzige Parodie auf das Genre ›Roman‹, eine Absage an Folgerichtigkeit, Konsequenz, Leistung und Pflichten der Literatur – und ein Plädoyer für Absichtslosigkeit und Spaß.

R. P. Gruber Werkausgabe

Band 1
Alles über Windmühlen. *Essay*

Werke. Band 1, 1997, 145 Seiten, ISBN 3-85420-466-3
ÖS 250.- DM 37.-

Eine Wissenschaftssatire über ein windiges Objekt – aber auch die verblüffende Inventur eines entlegenen Gegenstandes: das Debüt von Reinhard P. Gruber und das erste literarische Dokument seiner grundsätzlichen Skepsis gegenüber der Welt und ihrer sprachlichen Darstellung.

Band 2
Im Namen des Vaters. *Roman in Fortsetzungen*

Werke, Bd. 2, 1998, 164 Seiten, ISBN 3-85420-482-5
ÖS 250.- DM 37.-

»Gruber führt vor, wie althergebrachte Rituale, reaktionäre Anschauungen, verkrustete Lebensregeln Sinn und Haltbarkeit des familiären Seins konstituieren. Gruber hat mit seinem Buch in gewissem Sinn ein Standardwerk des Vaterromans und der angewandten konkreten Poesie zugleich geschrieben.«

(Ludwig Harig in der SÜDDEUTSCHEN ZEITUNG)

Band 3
Die grüne Madonna. *Roman*

Werke, Bd. 3, 1999, 144 Seiten, ISBN 3-85420-512-0
ÖS 250.- DM 37.-

Eine aberwitzige Parodie auf das Genre ›Roman‹, eine Absage an Folgerichtigkeit, Konsequenz, Leistung und Pflichten der Literatur – und ein Plädoyer für Absichtslosigkeit und Spaß.

Literaturverlag Droschl Graz – Wien 1999
© 1973 Residenz-Verlag, Salzburg und Wien

Layout + Satz: AD
Herstellung: MA-TISK

ISBN 3-85420-526-0

Literaturverlag Droschl A-8010 Graz Alberstraße 18
www.droschl.com